南京师范大学中国现当代文学国家重点学科项目

南京师范大学国家"211工程三期"重点项目
"文化变迁与中国现当代文学发展"

吴秀亮 ◆ 著

ZHONGGUO XIANDAI XIAOSHUO
YASHU XINLUN

中国现代小说
雅俗新论

人民出版社

目 录
contents

引 言

中国现代小说研究与文化的雅俗视角

　　萌芽于上个世纪之交的中国现代小说研究,它的每一次大的突破都或隐或显地启迪着创作界。同样,百年小说发展遇到的每一次挑战,都迫使人们禁不住地向现代小说之路重新发起追问。如今,作为一种重要文化类型的小说,在本世纪之交面临新的困惑。在如日中天的通俗小说与通俗文化驱逼下,高雅小说乃至整个高雅文化何去何从,已成为学术界颇为关注的话题。鉴于此,本书试图从文化的雅俗问题这一视角入手,重新考察现代小说发展历程,旨在从一个侧面深化对现代小说、文学与文化的认识;同时,在此基础上,也对"雅俗共赏"这一基本文化艺术观念重新作出解释,试图在新的历史与文化语境下,对小说乃至文化艺术雅俗发展之路提供历史的与理性的参照。因此,该课题的选择,一方面立足于现代小说研究的历史与现状,另一方面也考虑到当今小说及文化艺术发展面临的实际问题。

一

　　以梁启超为代表的"新小说"派提出的"小说界革命",拉开了20世纪中国小说及其研究的序幕。自此,不登大雅之堂的小说在文学家族中被抬到至尊的地位。所谓"小说！小说！诚文学界中之占最上乘者也"⁽¹⁾、"小说势力之伟大，几几乎能造成世界矣"⁽²⁾，集中反映了他们关于小说地位、功能的认识。稍后的"鸳鸯蝴蝶派"则以趣味、消闲为宗旨，强调小说可以"遣愁、排闷、醒睡、除烦也"⁽³⁾，恰与梁启超等人的小说观构成对立，并延续至"五四"时期。与上述两者不同的当推王国维的小说研究。在《红楼梦评论》等论著中，他站在中国古代优秀小说传统的艺术立场，并真正沟通西方文学观念，提出小说应深入表现人生、超越人生，重视小说审美意义的观点。但由于其小说研究带有叔本华人生哲学观的缺陷，特别是受特定历史条件的限制，因而在当时影响颇微。

"五四"文学革命正式带来了文学崭新的现代意识：文学独立意识、开放意识、人道主义精神及形式美的强调等。小说创作与小说研究由此走向现代化历程。

"五四"时期及稍后，"礼拜六派"小说、黑幕小说首先受到高雅文学界的批评。钱玄同、周作人、刘半农、沈雁冰等纷纷撰文，指出这两种小说消闲的游戏的及金钱主义观念的错误。鲁迅、胡适、郑振铎等还由此上溯，对整个中国古典小说开始作系统的整理与重新评价，批判了传统小说观念中"团圆主义"、"教训主义"及公式化、程式化的毛病。现代小说学也开始得到初步建设。郁达夫的《小说论》、胡适的《论短篇小说》、郭沫若的《瓦特·裴德的批评论》等论著集中反映了该时期关于小说及小说批评性质与规律的认识水平。其中，胡适关于短篇小说是"描写事实中最精彩的一段，或一方面"⁽⁴⁾、且"不当忽略其文学的结构"⁽⁵⁾的观点与沈雁冰关于"短篇小说的宗旨在

截取一段人生来描写"[6]的阐述,既指明了短篇小说表现人生的特点
又强调其形式美的重要性,基本上廓清了以往关于短篇小说概念的
模糊认识,促进了"五四"短篇小说的繁荣。对"礼拜六派"小说的批
判,对古典小说的重新评价及对西方近现代小说的介绍,集中说明了
"五四"高雅文学界对古典俗文学、现代通俗文学及高雅文学的态度。
特别是将古典俗文学与作为现代通俗文学"礼拜六派"文学的区别对
待,反映了当时对传统与现代俗文化认识的进一步深化。显然地,
"五四"新文化先驱们更致力于现代高雅小说、文学与文化的建设。
周作人在《新文学的要求》中指出了当时文坛上"艺术派"与"人生
派"理论观念的偏失:前者"重技工而轻情思,妨碍自己表现的目
的",后者"容易讲到功利里边去……变成一种坛上的说教"。他既
承认小说与社会人生的密切关系,又坚持小说独立的地位与审美价
值,从一方面折射出当时高雅小说理论的科学性趋向。随着小说创
作的日渐丰富,小说评论越来越成为小说研究的重要内容。其中,对
鲁迅、郁达夫小说的评论最有代表性。傅斯年、周作人、胡适、沈雁
冰、张定璜、吴虞等从改良社会人生的视角感知解读鲁迅小说,不但
揭示其中蕴含的思想深刻性,而且还触及小说形式的独创性和人物
形象塑造的典型性问题。周作人、郭沫若、成仿吾等评论郁达夫小
说,分别从精神分析学、个性自我表现等美学原则肯定其创造性意
义,牵涉到小说创作中人性与道德关系及人物形象的心理刻画等艺
术问题。总之,这时期小说研究在"破"与"立"的双向展开中开始建
立起现代高雅文学的理论:否定传统高雅文学中的"教化"观,批判继
承传统俗文学的营养,与现代通俗小说的娱乐化及商业化划清界线,

吸收西方现代高雅文学的审美观念;逐步向以"真善美"为核心的审美观转变,基本确立小说"人物、情节、环境"三要素的概念,并开始认识到小说叙事与结构等的重要性。在创作方法上,自然主义、现实主义、浪漫主义及现代主义也同时得到介绍与实践。小说研究形态也逐步向着科学的富有逻辑性的论文形式发展。从中可以看出,当时高雅文学界对高雅文学与文化价值意义的极力强调,而对现代通俗文学与文化价值意义有意无意的忽视与否定。

自20年代末至40年代初,小说研究与小说创作关系更为紧密。不同政治观、文化观、人生观、审美观的小说探索者纷纷寻求发展并超越"五四"小说的现代化之路。面对如此复杂的问题,一些普泛性概论式的小说理论显得苍白无力,所有的探索都离不开"如何深化小说对生活的表现"这个基本而又重要的命题上。于是,除少数理论家外,一些重要小说家也担当起小说研究的主要角色。

巴金、老舍、李劼人等承续着"五四"人道主义遗风,从生活的丰富性、生动性出发体悟社会人生与人性生命的真谛,并将之上升到对人类命运的关怀、对民族国民性的重建及对人性伟力之张扬的高度,取得了突出的成果。沈从文、朱光潜、李健吾、废名、凌叔华等同样沿着"人"的文化层次进行小说探索,却更注重生活淳美、雅趣与兴味的一面,主张以平和淡远的心境、抒情写意的笔调、古朴简约的语言构筑一个个美丽"人性"的古庙。其艺术描写的散文化笔法及情致韵味的诗化追求有别于以"人物、情节、环境"三要素为主要结构特征的"正格"小说,颇引人注目。而穆时英、刘呐鸥、施蛰存、张爱玲、徐讦、无名氏等一群则追求表现生活、生命与艺术的"新"与"奇"——以新奇的小说技巧、新奇的感官印象挖掘新奇的人性内容和心理意识。或以快速节率抒写最现代的都市,或以传奇性故事直逼生命存在的意义。即使运用传统文学形式和语言,也能做到"新"与"旧"巧妙而新奇的结合。其小说探索的追新独创和部分现代主义成分对一般现实主义小说无疑是一次冲击。然而,此时占据小说创作与研究主流的当推向左翼文学观转变的一群。他们强调小说表现生活的时代性、社会性,重视小说对生活的能动作用。如果说以蒋光慈为代表的"革命小说",满足于从政治观、世界观出发表现生活的时代性和社会性,因而事实上使小说与真实生动的实际生活脱节的话,那么以茅盾为代表的"社会剖析小说"则对此作了纠正("社会剖析小说"概念引自严家炎先生《中国现代小说流派史》):既注意社会科学理论对生活时代性社会性的分析,同时又注意生活实感的描写。可是,该派小说探索也存在理论分析与生活体验如何深度融合的问题。以胡风、路翎为代表的"七月派"小说正是在这一问题上显示其小说探索的深刻性:主张从生活的情绪体验(包括理性与非理性)出发把握生活的时代性与社会性,注意创作主体与客体的相克相生与融合。从"革命小说"、"社会剖析"小说到"七月派"小说显示了这类小说表现生活时代性、社会性不断深化的历程,并对当时小说界产生重要影响。遗憾的是,及至40年代中后期,这种探索随着对"胡风集团""主观唯心论"的批判而停止。

40年代中后期至五六十年代的现代小说研究,于发展中逐渐趋归一统。随着社会主义现实主义理论的倡导与确立,及对俞平伯《红楼梦》研究、胡风文艺思想等的批判,小说研究者的视野逐渐被框定在独尊"革命现实主义"的狭小范围内。小说研究对象被人为地加以筛选,小说研究的方法及评价标准也逐渐走向单一。这一时期,鲁迅、茅盾、丁玲、赵树理等一批被视为"革命现实主义"作家的小说研究各自取得了不同的进展。但总体上,历史对象的丰富性与现实研究对象及评价标准的单一性构成了尖锐的矛盾,致使许多小说流派、作家作品及小说创作的多种可能性受到排斥。即使是一批进入研究视野的小说家,也往往只挖掘其作品充满"革命现实主义"的部分,对另一部分则视而不见或强加曲解。这事实上是对高雅文学政治化的"利俗"型小说的肯定,(著名学者、文学史家陈平原先生称这类小说为"利俗"型小说,虽不完全贴切,但也没有更好的概念归纳概括这类小说,故本书仍沿用陈平原先生的说法。陈平原先生对中国小说叙事模式转变和清末明初小说的研究和范伯群先生为代表的近现代通俗小说研究对本书课题的研究颇有助益和启迪,在此特作说明)而对其他雅俗层次小说的否定,把小说由雅俗共赏的发展趋势纳入到雅俗合一的道路上。这种状况沿续到"文革"而登峰造极,直至70年代末才开始得以清除。

二

中国现代小说研究于发展深化中走向变异,到六七十年代陷入沉寂与凋零状态,其曲折进程耐人深思。历史地看,现代小说研究在受小说创作现象及小说思潮制约的同时,还深受时代政治观念及其发展趋向的影响,而且后者有时更为直接。因此,从政治层次审视小说和从"人"的文化层次探讨小说构成了现代小说研究两个重要的层面。政治层次小说研究反映了时代社会对于小说的政治要求,以政治家对小说的理论阐述为最主要的形式,它常常规范着一个时期的小说研究,如梁启超的"小说界革命"等。"人"的文化层次的小说研究,则将小说作为"人学"的文化现象,从小说自身的规律出发探讨研究小说。然而,中国近现代社会的特殊性决定了"人"的文化层次的小说研究难以正常展开。从戊戌变法到"文化大革命"近八十年时间对于"启蒙"、"救亡"、"革命"的历史需求使现代小说研究或隐或显地处于两难境地:一方面它无法不接受从政治层次审视小说的社会要求,另一方面小说的艺术特性要求又本能地对此加以回避,力图从"人"的文化层次展开小说研究。当社会对小说的政治要求趋于缓和或无法顾及时,"人"的文化层次的小说研究趋于发达;反之,它则会潜伏于政治层次小说研究之中。两者的消长起伏构成了现代小说研究曲折发展的历程。由于中国地域广大,历史复杂,各区域的政治状况在一定历史阶段又各不相同,因此,小说研究在某一历史阶段经常又呈现出两个层次小说研究同时并存共荣的复杂状态。如三四十年代,一方面小说研究在某些地区承绪"五四"遗风,从"人"的文化层次继续深化研究内容,另一方面,新的社会政治要求又使某些地域政治层次小说研究势头上升,迫使"人"的文化层次小说研究发生变异或转为潜流。在历史的非常时期,政治层次小说研究会继续蔓延扩展,"人"的文化层次的小说研究则会逐渐走向枯萎。此时,小说研究始终停留于政治层次,有时甚至会完全与小说本体规律脱节,于是,小说研究就会发生凋冷与沉寂现象。

政治层次小说研究在20世纪中国的经常出现,除了特定历史对文学的政治要求等原因外,还与传统高雅文化系统"载道"的文学观相联。作为一种强大的小说研究意识,它对整个现代小说研究发生了重要影响。首先,小说研究方法相对注重作品的思想价值评判,忽视艺术审美分析。梁启超"发现"小说并不是从小说自身出发的,而是在另一个价值体系——政治价值的参照下而实现的。小说的价值评判意识自然占据他小说研究的中心。其影响及产生的心理定势几乎涵盖整个20世纪中国小说研究。稍后的王国维尽管力图加以反动——以审美眼光研究小说,但却如孤军作战,应者寥寥。"五四"时期虽然注重小说的审美批评,但在深层仍有较浓郁的价值评判意识。即如当时曾宣称文艺(包括小说)"无目的性"的创造性,其深层何尝不注重文艺的"社会使命",稍后发生"方向转换"正是这种价值评判意识张扬的结果。如果说"五四"时期的现代意识曾使小说本体在"人"的层次上被发现,小说研究的价值评判与审美分析之间因而能保持相对平衡的话,那么随着"左倾幼稚病"对小说界的侵入,现代小说研究中的价值评判意识一度得以加速膨胀。这股潮流由于鲁迅、茅盾等人的遏止曾暂趋消褪,然而作为一种心理定势,它却潜移默化地左右着之后的小说研究。尽管在不同历史阶段及不同文化区域仍有坚持小说审美批评的声音,如李健吾、沈从文等,但小说研究的价值评判意识毕竟开始占据主流。其次,在觉世与传世、雅与俗等小说基本问题的认识上,现代小说研究重心明显向前者倾斜。受政治层次小说研究的影响及小说研究方法上对价值评判的相对偏重,整个现代小说研究理论区域的分布呈不均衡状态,造成了现代小说研究的失重现象。在小说觉世与传世问题上,前者自梁启超开始就得到较为认真的探寻,而后者研究进展较慢。梁氏提出小说具有"熏、浸、刺、提"四种力,其实兼着眼于小说的觉世功能。对小说的传世问题——艺术的永恒性,他基本上未能提出令人信服的见解。这种状态在"五四"时期有所改变。理论界对小说独立地位与价值的认识说明了当时对小说传世问题的重视,但就整体而言,人们讨论的热点依然是小说的启蒙作用等觉世问题。鲁迅在《〈呐喊〉自序》中直言其小说的启蒙意图,当时的小说评论往往从"思想"进步与否评价作品,都说明了对小说觉世作用的看重。"五四"以后,虽然部分研究者对小说传世问题作了努力探索,但其影响只局限于某一阶段或某一地域。而小说"为谁"或"有何作用"等觉世问题的讨论却倍受重视。无疑,这种研究重心的失衡现象不利于对小说艺术本体规律的科学性探讨。在小说雅俗问题研究上,雅小说研究几乎占据了整个小说研究领域。现代小说研究中浓厚的价值评判意识决定了对小说觉世教化功能的重视,相对忽视小说的另一重要功能——娱乐,因而造成了对通俗小说的歧视与冷落。然而通俗小说却仍一如既往地沿着自己的路而发展,并在读者层面常常向雅小说提出挑战,构成威胁,潜移默化地影响着雅小说的发展,进而影响整个小说史进程。但是,现代小说界自"五四"时期批判"礼拜六派"小说开始,通俗小说现象及其规律的研究相对于热闹的雅小说研究来说实在无足轻重,而雅俗小说相互关系的研究自然也就缺乏。于是,小说与读者、小说与都市商业文化关系等研究就很难深入。这不但影响现代小说艺术发展动力研究的深刻性,而且直接造成对小说艺术规律把握的偏面及对现代小说的解读。再次,对外国小说及中国传统小说艺术的研究借鉴与继承,缺乏建立在小说本体规律基础上的科学系统的辨析眼光,往往持有实用态度。以梁启超为代表的"新小说"本着改良政治的目的,译介学习西方小说时,主要着眼于政治小说及其政治功能,并因中国传统小说缺乏类似明确功能而对之予以否定和批判。"五四"时期,为了社会改造和文化启蒙的需要,研究者的眼光更多地朝向富有批判精神及功利色彩的俄国等国家的现实主义小说。对待传统小说,他们同样存在类似于"新小说"派的贬意,忽视了以《红楼梦》为代表的小说优秀艺术传统,对王国维的小说审美观也未予以足够的重视。自三四十年代起,一方面,研究借鉴继承外国小说及中国传统小说曾沿现代性思路而有所发展。但另一方面,随着政治层次小说研究及小说研究价值评判意识的崛起,研究借鉴继承外国小说及传统小说的实用态度也在发展,有时出现了照搬外来小说与理论的倾向,或为了教育宣传的需要而单纯模仿具有普及作用的传统小说形式,而外国小说的多元艺术手法及传统优秀小说的深层审美意义有时却被忽略了。这种缺乏系统科学辨析眼光的实用态度,直接影响了对传统与外国小说艺术的正确挖掘与全面继承,研究的偏失又进而影响到现代小说创作民族化与现代化的深入展开。

三

20 世纪 70 年代末以来,左倾政治的逐步清除及思想解放运动的开展使现代小说研究逐步突破前几十年政治层次小说研究为主宰的格局,小说自身特性及发展规律等文化层次的科学探寻逐步占据研究主流。西方与中国传统的科学的小说研究方法的大量介绍与运用为现代小说研究从整体上由价值评判转向审美分析提供了条件。首先发生变化的是小说研究域的扩展及评价尺度的重新调整,使研究界逐步摆脱以单一的"革命现实主义"小说观作为选取研究对象及品评标准的偏失。于是,许多在小说史上占重要地位却长期受不公正看待的作家作品得以重新评价,如郁达夫、李劼人、沈从文、穆时英、施蛰存、张爱玲、钱钟书、路翎、徐订等其人其作。相应地,一批为人熟知的作家作品也从新的评价角度与标准加以重新阐发,如鲁迅、茅盾、巴金、老舍、丁玲等其人其作。研究视野由政治层次向文化层次的拓展,使作家作品的重新发现与研究构成了该时期小说研究的最初实绩。

这时期小说研究格局由单个作家作品评论逐渐走向微观与宏观研究相结合的态势,出现了一批富有创见的史论性小说专题研究。有的从题材、人物形象、风格类型等角度考察小说:如乡土小说研究、都市小说研究、武侠小说研究、讽刺小说研究、小说悲剧与喜剧品格研究等;有的从文学思潮哲学渊源及创作方法角度切入小说:如现实主义、浪漫主义、心理分析、存在主义、表现主义及佛教、基督教等与中国现代小说研究,现代小说与外国文学及传统文学关系研究等。特别值得一提的是,小说流派研究、通俗小说研究、比较小说研究及小说叙事模式研究等专题,不但将现代小说研究引向深入,而且还拓宽了小说研究的思路和视野。

小说综合性研究的另一成果是《中国现代小说史》的撰写。田仲济、孙昌熙主编本与赵遐秋、曾庆瑞合著本为这方面的较早尝试。两者在文学观念与评论方法等方面虽较多受传统的影响，但在资料引用及小说与时代关系进程的描述方面仍有参照意义。之后，杨义独自撰述及叶子铭主编的两种三卷本小说史有了较大的突破。杨本在原始资料的钩沉及作家作品的品评方面独具特色，美学、文化学、历史学等方法的综合运用使该小说史迥然摆脱了政治层次小说研究的影响，评论方法及行文描述都较灵活自如。叶本试图打破文学运动加作家作品的传统文学史修史方法——"板块结构法"，采用按小说题材、主题、艺术倾向、表现手段等文学现象分阶段综合描述的"综合勾勒法"，以突出小说发生发展的史的线索，探讨一些具有小说史意义的问题，从而在小说史理论构架与编写体例上有较大突破。正在撰写中，由严家炎、钱理群主编的六卷本《二十世纪中国小说史》，从已出版的第一卷（陈平原著）来看，将又有新的收获。该小说史"注重过程，消解大家"，对小说形式特征演变及小说艺术动力源的描述与研究尤为精彩，在小说史的理论观念、构架方式与操作方法等几方面也均有新的开拓。

这时期还大量介绍了港台及国外的中国现代小说研究成果。港台的中国现代小说研究自 20 世纪 50 年代起即已开始。由于特殊的文化地域等原因，其研究工作大多是一般性的小说史介绍及关于作家作品的回忆与评论，但也不乏较为新颖与深刻之作，较有代表性的如：曹聚仁的鲁迅研究、司马长风《中国新文学史》、叶维廉《中国现代作家论》中的小说研究，周锦的《〈围城〉研究》、《论〈呼兰河传〉》、水晶的《张爱玲的小说艺术》及梁实秋、刘心皇的部分小说研究之作。

国外中国现代小说研究主要集中于前苏联、捷克、美国、日本等国家。较有代表性的如：费德林《中国现代文学简论》、李欧梵《论中国现代小说》等。其中普实克、夏志清的小说研究尤为引人注目。普实克认为中国现代文学（主要包括小说）虽然在反对传统士大夫文人文学中兴起的，但却和文人文学传统关系甚为密切，比民间说书人文学关系密切得多，并由此解释现代小说注重个人经历描写及抒情敏感性现象。这些观点的最精彩处在于强调现代小说对传统文人文学的艺术继承。但他认为传统文人文学的特点在于注重个人经历的记录、忽视想象，并把抒情敏感性更多视作"记录事实往往伴随的抒情性的评价和解释"[7]却是存有偏颇的。与普实克重视中国现代小说与传统文学关系研究不同，夏志清更注重对作家和批评的审视，并以突出的审美感悟与鉴赏见长。在其代表作《中国现代小说史》中，他对大陆一度受冷落的作家沈从文、钱钟书、师陀、张爱玲等小说创作提出了新颖的见解，在大陆小说研究界产生较大影响。但由于受其政治观的影响及材料掌握与分析的不够全面，他对作家作品相互关系及在小说史上准确地位的认识又似欠妥。国外学者的中国现代小说研究往往自觉不自觉地浸透着他们各自独特的文化印记与研究思维方式，能从不同文化背景观察中国现代小说的特殊性。但由于政治、哲学、文化观的差异及客观上材料掌握的欠缺，其研究于独特中又带有局限性与片面性，因而，需作进一步科学的清理、辨析，然后吸收。

经过70年代末80年代初以来的活跃与亢奋后，中国现代小说研究近几年来出现一种"井喷"之后的平静，但它不是以往的沉寂与凋冷,而是正走向深度的探索。伴随着现代小说的逐步历史化与经典化,现代小说研究进一步转向历史的文学研究及学术化。对现代小说的远距离观照虽然难以再产生轰动的社会效应,但却有利于提高学术的纯度,并在深层次上与现实文化文学相呼应。由此,现代小说研究发生了一系列调整与变革:

首先是历史观念的重新认识与确立。现代小说能否经得起长时间的历史检验,哪些小说能进入未来小说史的视野,它们在历史上的接受状况及对整个小说史进程的影响等问题越来越受重视。因此,现代小说研究在对象选择与评价上进一步重新调整,并越来越走向小说史自身。某些曾经受关注的小说家及小说发展阶段越来越接受历史评价的筛选,重新发展或估定其在小说史上的意义,而另一些未受重视的小说家及小说历史阶段(如通俗小说家、沦陷区小说等)也在历史的视野下进一步得到沉潜挖掘与沉淀筛选。

其次是小说史结构研究的愈益受重视。现代小说研究对小说现象的描述工作较为充分,但对现象之间的关系结构及其背后的历史深层背景研究却相对薄弱。在某种意义上,现代小说研究基本上还是以“线性研究”为主,即对各个作家、各类小说现象的逐个探讨及从某一角度去分析,缺乏一种进入“关系结构”研究后的整体感与历史感——要么专门分析小说理论,要么专门分析小说创作;或把雅俗小说各自间离后进行单独研究。而对某一时期小说理论与小说创作的关系及相互作用或雅俗小说如何相互对峙及调适的“立体式”研究较少。事实上,现代小说是一个异常丰富复杂、由多重因素相互制约而成的复合体。仅以个别因素单向度去分析这个复合体而忽视各因素之间结构关系的研究势必会影响小说史意义的揭示。即如"五四"小说理论而言,仅从外来小说理论的引入或仅从中国近代小说理论的继承角度分析,都难以弄清其复杂内涵,只有分析中西小说理论在相互作用过程中发生融合与变异的结构关系才能使研究深化。因此,从宏观角度看,只有进一步清理历史与审美、政治与艺术、觉世与传世、理论与创作、传统与现代、雅化与俗化等各对因素在20世纪中国小说史中的相互结构关系才能深化对小说史进程的认识。

再次是小说史演进动力及小说文本形式发展特征逐步得到阐释。历史距离的拉长容易穿透影响现代小说的一些表面现象而突入本质阶段的观照。小说研究文化方法的日益成熟及科学化小说理论逐渐为中国学者所掌握,也为小说文本形式发展研究从方法论上提供便利。因此,现代小说研究从现象描述转向发生学追踪的研究思路有较大的发展。现代小说创作与读者接受、期刊发行、印刷出版及稿酬制度和艺术管理的方式方法等关系得以进一步阐述,从而为小说史演进动力的深层揭示创造条件。

现代小说研究的历史化与学术化也向研究主体提出了更高要求。它不但需要研究者更新传统历史观念和小说理论观念,更需要研究者具备中西兼通的知识结构、世界性眼光和当代意识。并且,必须储备新的知识、调整自身知识结构,突破研究的惯性趋同意识,寻求超越以往及他人研究方法的逆向性思维及独辟蹊径的"发现"。这已成为学科发展的迫切需要。

四

上述现代小说研究的历程也表明,将研究视野从政治层次拓展为文化层次,是现代小说研究取得生命力及突破的关键所在。但即使是文化层次研究,由于研究主体认识观念和知识结构的差异,也可采用不同的视角,从而丰富和完善文化学研究本身。在这众多视角中,从文化的雅俗问题入手进行研究,可以说是一个一直在自觉不自觉尝试,但始终未能系统、全面、深入展开的领域。

随着80年代初文坛通俗小说突然"爆发",人们在1984—1985年前后有过关于通俗小说问题的讨论。不过,真正较深入地进入理论研究状态是在1988、1989年之后。这一时期,不少报刊为通俗小说研究开辟了专栏,如《人民日报》、《文艺报》、《文论报》、《苏州大学学报》、《文艺争鸣》、《中国现代文学研究丛刊》等都有研究专栏。还出现了几本专著:如范伯群的《礼拜六的蝴蝶梦》及其主编的《中国近现代通俗作家评传丛书》、袁进的《论鸳鸯蝴蝶派》、张赣生的《民国通俗小说论稿》等。这些研究概括起来主要集中于通俗小说性质的分析及其界定、通俗小说热产生的根源、通俗小说的历史现状及地位等几方面的讨论。这些研究工作具有较高的学术价值,对认识20世纪中国通俗文学与文化具有开拓性及奠基性意义。不过,由于受历史条件的制约,对通俗小说往往单独进行分析,无暇顾及与高雅小说相结合进行探讨,一般不注重系统的与结构的文学史意识,从而使这方面的研究有待进一步拓展。就小说史研究而言,也存在以上问题。唐弢主编的现代文学史基本上撇开了通俗小说，只对张恨水略加评析，而且着重肯定张恨水的《五子登科》、《八十一梦》等明显向雅小说靠拢的小说。杨义本现代小说史，虽已列了专章，但基本上把现代通俗小说作为旧派文学处理。真正明确意识到小说雅俗问题，并试图进入实践操作的大概以陈平原较为突出。在《20世纪中国小说史》第一卷中，他试图考虑小说史雅俗问题的处理，但由于清末民初这段小说史缺乏典型性的雅俗小说，所以，他只着重触及雅俗问题（包括雅俗格局、雅俗关系、雅俗类型、雅俗化发展）中的一个方面，即雅俗化问题，并着重从文学史现象角度描述。因此，就"五四"以来的小说研究而言，目前学术界基本上将雅俗小说间隔后进行单独研究。事实上，不将雅俗小说置于同一文学史背景下共同考察，那么，对雅俗小说的合理格局、关系结构、生成机制及对之后小说艺术发展的影响等问题就很难深入探讨。现代雅俗小说以其各自特殊的功能完成了小说格局的完整构建，使现代小说适应了现代社会结构多元化发展的需要。双方相反相成地互为促进，螺旋式地共同提高小说艺术发展水平。忽略了雅俗小说的这种统一性，将之割裂开来后单独进行评价，难免会失之偏颇。另外，从小说史研究角度而言，一部小说史并非只是高雅小说史，也非雅俗小说间离后的简单合并，而是两者共同发展相互作用而成的具有完整性的统一体。小说史就在这种结构中生成。因此，分析现代小说的雅俗问题，对揭示现代中国小说作家作品、小说现象及小说史的完整风貌与深层意义也颇有裨益。

　　事实上，将文学与文化的雅俗问题专门进行探讨，力图正确认识并合理解决通俗文化与文学对高雅文化与文学的挑战和威胁，已成为当今国际文化学术领域较为关心的学术话题。这是与世界近代史的发展趋向相联系的。对此，余英时先生在《汉代循吏与文化传播》等文中曾有概括，他指出：一部世界近代史主要是民众逐渐觉醒并走向历史舞台中心的历史，它表现为一种历史由圣入凡的俗世化过程。政治、社会、文化当然也走向俗世化。在西方，这种俗世化表现为"人权"脱离"神权"，文化上摆脱基督教权威的控制。在东方，这种俗世化表现为文化上逐渐脱离等级森严的神圣气息，与民众相关的世俗文化日益受重视。这是文化由古典走向现代的一次深刻转型，其明显标志之一，就是"大众文化"的崛起。对大众文化（通俗小说是其中的一个重要方面）性质、功能的评价一直是近几十年来西方学术思想界争论不休的一个话题。不过，尽管存在诸多分歧，有一点是一致的，那就是：人民大众既然有权利要求在政治上一人一票，他们同样也有权利创造并欣赏适合自己品味的文化。西方学者最初用"大众文化"的概念，确实含有一种轻视、贬斥的意味。但是最近三十年来一般学术界的态度似乎有了一百八十度的转变，人类学家、社会学家、历史学家、文艺理论家都同样认为"大众文化"是值得研究的对象。可见，文化的概念在最近几十年间发生了革命性的变化。不过，在肯定了"大众文化"的价值之后，又该怎样看待"高雅文化"？在继续的讨论中，人们已开始认识到：两层文化不是截然分开的，而是互相沟通、彼此影响的。于是，文化的雅俗关系等问题就开始成为一个重要的研究课题。通俗小说就是在此背景下，开始进入文学史家的视野。1967 年美国一批通俗小说研究专著问世，并成立通俗文化研究会。随之，加拿大、日本、香港相继成立类似机构，许多国家大学开设了通俗文学研究课题,通俗小说开始进入文学史。因此,这就势必牵涉到文学史中文学的雅俗关系、雅俗格局与雅俗化发展等问题的描述分析与处理。

五

由于文化系统迥异,中国文学的雅俗问题显然颇具独特性,对它的研究必然具有自己特殊的意味与特点。在这一点上,该课题的探讨,在某种意义上,有助于对中国小说及文化现代化过程独特性的认识。事实上,小说的雅俗问题,是中国小说史发展进程中的一个基本问题。从总体上看,自唐传奇以来的文言小说由雅入俗,沿着俗化的发展方向曲折进行;自宋元话本小说以来的白话小说由俗入雅,沿着雅化的发展方向不断前进,到明清之际,它实际上成了中国小说乃至文学发展的主流。文言小说因不断蜕变,至"五四"时期已基本消隐。不过,由于中国古代社会文化结构相对稳定,以上小说雅俗化发展进程经历了较为漫长的历史。到了20世纪,因社会文化的快速转型,小说的雅俗化发展急剧推进,并实现了小说雅俗结构的现代型品格。自此,中国小说在一种新型的雅俗格局与关系中前进。从雅俗并存格局视角看,20世纪中国小说可以划分为六个时期:

1. 过渡期(清末民初)

2. 形成期("五四"时期)

3. 深化与变异期(20世纪30、40年代)

4. 消解期(20世纪50、60、70年代)

5. 重建期(20 世纪 80 年代)

6. 深化与转型期(20 世纪 90 年代)

清末民初小说是中国小说由传统向现代的过渡。清末小说自梁启超发动"小说界革命"以来,明显往高雅化方向发展。不过,无论是晚清雅化发展小说还是民初俗化发展小说,两者均不具备严格意义的现代高雅小说与通俗小说特征,雅俗并存格局尚未形成,但却是通向"五四"时期现代雅俗小说并存格局的一种过渡。

"五四"时期是中国现代雅俗小说的形成时期。在某种意义上,"五四"高雅小说是晚清以来雅化发展小说继续雅化的结果。"五四"通俗小说则是清末民初以来俗化发展小说进一步俗化的产物。"五四"雅俗小说并存的格局又组成了一种特殊的现代型小说关系结构,对之后小说发展产生深远影响。

"五四"时期双水分流的雅俗小说至 20 年代末开始发生变化,并分化为多种类型小说:如严格意义的雅俗小说继续存在,前者以京派小说为代表;后者以张恨水、刘云若小说为代表。除此以外,还出现其他种类型小说:即高雅小说发展中走"大众化"、"民族形式"之路的、利用小说通俗形式表达"教化"性质、严肃话题的"利俗"型小说;及高雅小说发展走"商品化"与"世俗化"之路的"海派"型小说。到 40 年代,"利俗"型小说又发生转变。随着以农民为参与主体的战争的爆发及其相应的战争文化的需要,民间文化、乡土文化受到重视,并逐渐融入小说创作。至此,"利俗"型小说逐渐占据主流,至六七十年代末,其他多种类型小说终于受到检查而停止创作,形成了特殊的"利俗"型小说几乎一统天下的"雅俗合一"现象,"五四"时形成的雅俗小说并存格局由此走向解体。

80年代是中国小说雅俗格局的重建期,它的性质和特征与"五四"时期具有某种相似性和连续性。就雅俗格局而言,两者基本上呈双水分流态势;就雅俗关系而言,两者的雅俗结构基本上也呈层次性、对峙性与统一性关系。但是,两个时期小说雅俗格局毕竟有异。首先,在80年代以来的新时期小说格局中,高雅小说的主要革新对象是"利俗"小说;"五四"时期高雅小说的主要"革命"对象却是民初"俗化"小说。其次,"五四"新知识分子及其小说创作显得更为激进;而市民阶层却因与传统道德文化联系较紧,适合他们品味的通俗小说因而较为保守与温和;新时期雅俗小说与"五四"情形恰成相反。在似与不似之间,体现了历史深刻的否定式前进。

及至1992年以后,随着中国社会市场经济的迅猛发展,大众文化如日中天。这是一种深刻的社会转型。通俗小说与通俗文化的巨浪大有淹没高雅小说与高雅文化的态势。高雅小说家再次发生分化:或者辍笔下海;或者走向媚俗;或者仍勉力困守象牙之塔,寻找"终极关怀"。以上两类作家的相互指责与批判恰似"五四"后的"京派"与"海派"之争。可见,困扰20世纪百年中国小说的雅俗问题,至今并未取得共识。而90年代高雅小说的严峻局面,表明在雅俗发展之路上并未到达理想的目标。

寻找一条合适的坦途,使之沿着合理的雅俗化方向发展,并建立起合理的雅俗格局及其关系结构,确是当今小说与文化现实的迫切课题。为此,探讨小说雅俗化发展的动力机制就十分必要。在我看来,小说雅俗化发展的深层动因并不只是雅俗小说相互作用的产物,也不只是雅俗文学相互作用的产物,而是社会文化结构变迁的结果。在近现代中国,市民阶层的崛起及其大众文化的产生,是通俗小说日益发展的根本原因。新式知识分子的崛起及其精英文化的产生,是高雅小说诞生并发展的基础。因战争需要而产生的民间文化、乡土文化崛起现象,则是使小说走向"民族形式"之路内在原因之一。而政治意识形态文化的作用则是一个更为综合也更为有力的制约小说雅俗化发展的手段。20 世纪中国小说雅俗化发展都可以从这四种文化的交错变迁中得到解释,而合理的雅俗化发展格局正有赖于这几种文化及相应结构的调整。

注释:

(1)陶祐曾:《论小说之势力及其影响》。

(2)《〈新世界小说社报〉发刊词》。

(3)阿英:《晚清小报录·引言》。

(4)胡适:《论短篇小说》。

(5)胡适:《再寄陈独秀答钱玄同》。

(6)沈雁冰:《自然主义与中国现代小说》。

(7)普实克:《中国文学中的现实与艺术》。

○ 第一章

"五四"文化转型与现代雅俗小说并存格局的生成

第一节

"五四"文化转型与现代高雅小说的崛起

经历了清末民初时期小说雅俗化发展的过渡,中国小说至"五四"出现了雅与俗彻底分流的崭新格局。从雅俗化角度看,"五四"现代高雅小说正是清末民初已经走上雅化发展征程的部分小说的关键性突破;而"五四"现代通俗小说则更是清末民初已经崛起的小说俗化潮流的进一步转化和发展。对于前者,时人从"由传统向现代转变"的角度多有论述,本书在此则从"雅化"角度并结合"五四"文化转型再加考察。一般而论,小说的高雅化发展与小说现象的几方面均有关系,除了社会文化这个制约小说发展的重要因素外,凡小说现象总还须有作者、作品、读者及将此三者联系一起并进而影响社会文化的那个小说传播交流圈。小说的雅化发展首先与作者、读者的文化层次及小说文体声望的提高相联。当小说作者群体的文化素质相对上升，有可能使他们所创作作品的文化质量也随之相对提高；或者，当存在一批文化层次较高的读者，他们对优秀小说存在某种较为迫切的阅读期待时，这种小说阅读与消费的需要有可能通过传播交流圈的作用刺激高雅化品质小说的创作；再者，若小说的文体声望得以提高，那么将会吸引更多文化优秀分子参与小说创作和阅读。由于这批作者具有较高的文化素质或文学修养，因而此时小说创作的水平与影响力也逐步提高，逐渐走向高雅化。以上影响小说雅俗化发展的各因素是相辅相成、互为促进的。如高层次文化作者与读者参与小说创作和阅读，有利于小说文体声望的提高，反过来，小说文体声望的提高又会吸引更多高层次文化作者与读者来关怀小说。然而，这些又都与社会文化性质和结构的转变有关。当小说为社会所需要，顺应了当时文化发展的方向，即迎合了社会的文化期待时，它将日益受到社会的重视，在整个文化结构中的地位也会相应提高。于是，小说的文体声望及作者的社会地位和影响也可能得以提升，从而吸引更多高层次文化人参与小说的创作和阅读，并加快优秀文化类型及其他文学文体对小说的渗透，使小说走向高雅化。清末时的文化变迁恰为这种小说的高雅化发展带来了契机。当时的戊戌变法运动客观上具有思想文化启蒙的性质，它是中国文化由圣入凡转变的明显转折点之一。当人们从戊戌变法的失败中认识到民众参与政治社会变革的重要性时，世间的平民大众，作为重要角色受到了上层文人的关切。与民众密切相关的世俗文化随之也日益受到重视。于是,中国文化进一步褪去等级森严的神圣气息,向着世俗化方向倾斜。

梁启超等维新派出于改良群治的目的,发现小说可作为把改良思想灌输入民众之中的一种重要手段和工具,因而发动了一场"小说界革命"。其影响之所以广泛深远,不能不说小说在客观上顺应了近代中国的社会文化期待,因为"通于俗"的小说比古雅的诗文更符合这个文化世俗化移动的潮流。于是,晚清时小说的文化地位发生变化。这倒不是像梁启超们所说的那样一下子就成为中国文学的最高样式,为"文学之最上乘"。事实上,按梁启超等的认识,小说仅仅是作为"载道"的工具,是为宣传其他文化之用的,仍处于高雅文化附庸的低下地位。晚清小说文化地位客观上有所提高根本原因是中国文化的传统结构发生了变化。

晚清时中国文化的世俗化发展及西方近代人文主义这种世俗性色彩颇强的外来文化的输入,客观上促使中国传统文化结构进行调整。特别是,中国近代史上发生的一系列屈辱事件更使一些优秀知识分子意识到封建传统文化的某些弊端,对其中的某些核心部分也开始加以重新思考和评价。因此,某些雅文化的文化中心地位发生了动摇,相反,某些俗文化的地位却有上升的趋势。所谓"是故六经非不深且奥也,诸史非不宏且邃也……而普通社会,往往终日讲解,而曾不一得"[1],改良社会及"新民""图强"的政治需要使传统经史等高雅文化的文化中心地位开始下降,相反,小说戏曲等传统俗文化却开始倍受重视,文人学士纷纷"乃易其浸淫'四书''五经'者,变而为购阅新小说"(2)。于是,中国传统文化结构至晚清发生了雅与俗、中心与边缘、尊贵与卑贱的某种程度的互为移动。在整个移动过程中,作为"小道的小道"的小说(尤为白话小说)终于开始摆脱传统文化结构最边缘的位置,文化地位有所提高。这使晚清小说发生了一系列的变化。首先,小说的文化权力和意义得以提升。原来处于文化结构边缘时处处受其他雅文化规范的局面开始走向消解,小说部分地开始享有表达其他文化思想的权力。相对来说,它可以作更为深刻的思考和表现。如晚清时出现的政治小说、谴责小说等,或抨击政界、揭发时弊,或反思社会历史与风俗,改变了传统白话小说一味描写娱乐性世俗文化风貌的创作倾向,一定程度上开拓了小说发展的前景及小说文体发展的潜力。其次,小说的文体声望得到普遍提高。虽然这与梁启超等人不无夸张的提倡密切相关,但根本原因却是小说文化地位的上升趋势。随之,一大批较高文化层次的知识分子——主要是"出于旧学界而输入新学说者",也纷纷参与小说创作和阅读。吴沃尧等因"感夫饮冰子《小说与群治之关系》之说出"(3),决然起而"相与指天画地,雌黄今古,吐纳欧亚"(4)。仅在《新小说》上就发表了《二十年目睹之怪现状》(吴沃尧)、《东欧女豪杰》(岭南羽衣女士)、《新中国未来记》(梁启超)等谴责小说、历史小说及政治小说,充篇是"自由书""专制令""求平等"(5)之类"大雅君子"的"高尚"之辞,或阐述或议论或批判政治、社会、历史和科技,一扫传统小说的世俗生活风貌描写,使小说沿高雅化方向发展。如梁启超的《新中国未来记》这部旨在发表"区区政见"(6)的未竟之作,基本上是关于政治改良,君主立宪,新国新民之类的政治议论,立意高深。艺术上,大段大段的议论、演说及辩驳之词充斥其间,"似说部非说部,似稗史非稗史,似论著非论著,不知成何种文体"[7],这比以往传统小说无疑更为雅致深奥。晚清小说作者,如梁启超等在小说创作中时不时流露出自己的高雅趣味,引经据典,谈古论今,有时似乎把小说作为表现自己学识的一块试验地。传统经史之类的高雅文化、西方新式的人文科技思想、民俗民谣中的笑语逸闻及文学中的诗词曲赋等其他文化与文学文体因素均渗透于小说之中,小说由故事曲折的娱乐性、情节化向着叙事、议论、说理及抒情兼而有之的教育启蒙化、散文化转变。

晚清文化与文明的发展也改变了传统小说的传播交流方式。传统白话小说作者总是拟想着自己是在给广大听众讲故事。即使明清时一批雅化程度相当高的作品也还保留着说书人的叙事口吻。这在很大程度上限制了小说艺术的精致化发展。到了晚清时,小说传播交流圈诸环节日益发达,高雅化文学传播交流的筛选机制也得以建立和完善。当时新闻事业日益发展,印刷技术不断进步,刊登小说的报纸和杂志快速增长,由此形成了一个由读者、书商书店、出版商出版编辑部门到作者层层筛选的交流系统,使一批较为优秀的小说在文人圈中流行传播。小说作者沿着专业化方向发展,小说作品也进一步走向文人化与高雅化。另外,当小说以文字刊登的书面形式大量出现于读者面前时,小说作者拟想自己是在讲故事的传统观念也随之有所改变,为读者阅读而写作的意识增强。相应地,传统白话小说的说书人叙述口吻及情节化叙事方式受到挑战,并开始出现一套比较灵活自由的表现手法,如倒叙、插叙手段,新闻化实录写真,散文化、诗化的结构与抒情方式等,从而促进了小说的雅化发展进程。

但是,晚清文化转型的不彻底性又决定了小说雅化发展进程的矛盾性和有限性。如果说他们曾自觉不自觉地意识到小说在文学家族中的重要性,那么,他们却没有清醒地认识到小说在整个文化结构中的独立地位与真正价值。传统文化观念及其不同等级的文化结构在他们心目中仍较为牢固。所以,他们仍然承认"道"与"文"的高下贵贱之别,小说创作仍须"文以载道"。这决定了这代作家很少从本体意义的高度看重小说,因而,当时小说的雅化发展未必是真正文学意义上的,只是部分地渗透了政治文化功利性文人的趣味和识见而已。于是,晚清小说的雅化发展进程又呈现出深刻的悖论性特征:高雅化的小说内容及趣味与拟想读者通俗化的阅读习惯、阅读能力之间的矛盾。出于"新民"之需,晚清大多数小说家心中的拟想读者为仅粗通文墨、文化层次一般的民众。但是,梁启超等晚清小说家把小说作为改良群治的载道之器,在小说中插入大量的政治议论、历史批判及文化科技新术语,一改传统白话小说的世俗文化风貌,虽为当时新式知识阶层所接受,却与拟想读者的阅读趣味存在较大距离,结果显然有违"新民"的初衷。为此,他们只好作自我调整:在小说形式上尽量迁就拟想读者的审美趣味,保持传统小说的某些艺术形式。可是,这么一来又出现另一个矛盾:即内容雅化的晚清小说势必要求形式也相应雅化,这种文本内在的形式雅化要求与为适应民众阅读而使作品形式走向通俗化的要求之间又存在深刻的矛盾。大部分晚清小说家于这些雅俗化矛盾中苦恼地徘徊着,以致他们的小说最终仍未具有真正的现代高雅艺术品格。即使像《新中国未来记》、《二十年目睹之怪现状》这样相对高雅化的作品,也仍未脱离"旧小说之体裁"[8]的窠臼,文体上沿用章回体形式,叙事上仍有"楔子"、"且待下回再记"之类程式化、模拟说书叙述的痕迹。这种状况到"五四"时才彻底改变。当时掀起的新文化运动标志着中国知识分子意识从政治层次向"人"的层次觉醒的转变,也是文化的全方位觉醒。"五四"新式知识分子更全面地重新审视中西文化,他们反对旧道德提倡新道德、反对文言文提倡白话文、抨击封建等级制度提倡自由民主和个性解放,其锋芒直指以旧礼教制度为核心、以文言为基础、以等级尊卑为结构特征的封建传统文化。在这个传统文化结构逐步走向解体的过程中,"五四"新式知识分子建立了以民主科学为核心,以白话语言为基础,以平等独立为结构特征的新文化传统。恰如传统经史等高雅文化不再占据至尊地位一般,在新文学观念中,白话小说也不再是低下卑贱的"小道的小道",而是真正的"人的文学"[9],是与其他白话文学文体和文化类型一样,拥有其独立的地位和价值,并摆脱了其他文化的规范和束缚,形成了自己独立的话语结构和表意方式,文化意义和权力空前增长。因此,白话小说在新式知识分子中享有较高的文体声望,并吸引了其中一大批优秀分子参与创作和阅读。经过读者、书店、出版编辑部门的层层筛选,最后形成了以鲁迅为首的第一代"现代"小说家群体。他们接受了以西方近现代文化观念为主体的"五四"新文化及其现代审美观念的洗礼,并对传统文化及审美思想进行了有效的转化和选择。其结果,他们基本摆脱了梁启超等小说家"中体西用"的文化观及政治实用性态度,初步达到了中西融合的现代文化美学境界。由于这代作家大都是学贯中西的留学生或高等学府的学子,具有深厚的传统文化与西方文化素养,又充满现代知识分子独立思考与自由表达的文化个性,所以其作品的文化意蕴与精神内涵显得丰富而深刻,文体形式不拘一格,充满开放与创造的气度。"五四""现代"小说是新式知识分子自由表达自我情感与思索的严肃性文学。如果说传统白话小说的审美观念以"消闲"为核心,叙事连贯、结构清晰、情节曲折;晚清小说的审美观念以"教化"为核心,小说思想艺术处于新旧雅俗之间;那么,"五四""现代"小说则以"反映人生""自我表现"的审美观为核心,即不专为"消闲"而讲有趣的故事,也不专为"教化"而迁就大众读者的阅读习惯,却更倾向于为反映人生表达自我而营造的一个具有独立价值和独立美的艺术之宫。它反映了更为广阔的社会文化背景,展示了更为深刻细腻的人的内心世界,表现出更多文人化、书面化的艺术倾向。"五四""现代"小说也运用了更为丰富复杂的艺术表现手法,小说结构日趋复杂,情节相对淡化,叙事方式方法灵活多变,并增添了更多心理化、意绪化与诗化的描写成分,其高雅化特征为中国小说史上所罕见,它是严格意义上的现代高雅小说。像《新青年》上"算是显示了'文学革命'的实绩"[10]的《狂人日记》、《孔乙己》、《药》等鲁迅小说,首次发出了礼教"吃人"、"救救孩子"之类的"呐喊",从旧文化眼光看来,这确像"狂人"或"疯子"似的自言自语,但正是这震聋发馈的先声道出了作者作为文化先驱孜孜探求文化新生之路的清醒、深刻与独特。在小说内容上,这是一次文化"革命",比起梁启超等的"改良"姿态无疑更为彻底。另外,作者将自己的文化思索融汇于小说之中,展示出一个探索者复杂的内心世界,实现了小说由以读者为中心向以作者为中心叙事方式的转变。在语言文体方面,也显示了高超精湛的艺术特色。像《孔乙己》,简直是以最短的篇幅完成了一个潦倒没落的"腐儒"形象的塑造;《狂人日记》则又以高度"陌生化"的语言及散文化结构表达了无限深邃的文化内蕴,而《药》却以复线结构的方式表达了作者对历史现实及国民性等问题的多重感思。语言的"经济"化、陌生化与书面化,文体"格式的特别"[11]及对诗歌、散文等其他文学艺术类型表现手法的创造性吸收,使鲁迅小说无论从哪个方面看都是高度文人化的现代高雅艺术,它已完全脱离了"俗"的品性而进入了现代高雅文化范畴。

第二节
"五四"文化转型与通俗小说的现代性转化

与现代高雅小说的生成几乎同时,现代通俗小说也正悄悄地完成其现代型品格的塑造。晚清小说文化地位的抬高与当时"新民"的政治需要及文化世俗化变更相关。辛亥革命失败以后,社会政治热情的一度普遍消退及文化复古思潮的一度出现使这种政治变革及文化变更的热情迅速下降。小说的文化地位及文体声望也相应跌落,事实上仍处于传统文化结构的边缘位置,受正统中心文化如经史之类的规范,其意义与权力只能退回到原先娱乐消遣的"俗"文化地位。随之,一批较高文化层次的知识分子作者和读者也终于对小说失去

兴趣,纷纷离开小说,因而其他高雅化文化与文学文体对这部分小说
的渗透也渐趋停止。部分文人因科举制的废除入仕无门或终感时事
之不足与谋,仍继续小说创作,为图生存,又不得不屈从读者市场的
需要,迎合市民阶层的口味。于是,民初部分小说由雅转俗,沿着俗
化趋向发展。

　　民初小说的俗化倾向又与小说传播交流方式的变化相关。失去
一批文化层次较高的小说读者,使得书商书店、出版商出版编辑部门
对"开口便见喉咙"的雅化小说逐渐失去兴趣,造成高雅化小说层层
筛选的交流圈日益缩小,从而限制了此类雅化小说的生产。相反,由
于教育的日益发展及沿海都市经济的迅速崛起,使社会的通俗文化
消费需要加速膨胀,形成了一批庞大的市民读者群体;而且,刊登小
说的报刊杂志及书籍的大量印行,客观上已具备适应消费者需要的
能力;同时,版权制、稿酬制的逐步完善则为保障小说创作与发行者
的经济利益提供了较可靠的基础。于是,通俗化小说的传播交流圈
迅速扩大。书商书店等发行者出于商业竞争等需要直接干预刺激小
说的生产与消费,设法加快小说的流通速度与流通量。一些畅销小
说或受读者欢迎的名家名作不断快速重印,并出现大量仿制之作。
这种迎合读者市场的"批量生产"特征直接造成高雅化小说探索的难
以扩大与深入,并使小说创作呈现出程式化、流行化的特点。从晚清
谴责小说、言情小说到民初的黑幕小说、鸳鸯蝴蝶派小说,与这个通
俗化小说传播圈的推波助澜是分不开的。

　　但是,民初俗化小说终究尚未完成通俗小说的现代化。在小说
内容上,仍残留"小说界革命"的影子,言情之中往往还掺杂进"革

命"话题;在小说形式上,不乏古雅的文言诗句和传统笔记体小说的影子。它向现代通俗化小说的转变,事实上关键在于"五四"前后另一种现代型文化的崛起。如果说"五四"现代高雅小说主要由近现代西方文化的冲击而促成的,演进轨迹显得相对明显;那么"五四"现代通俗小说则主要是在与现代城市工商业的发达相伴而生的"大众文化"的刺激下形成的,演进轨迹显得较为隐晦,但这丝毫也不减弱其重要性。"五四"现代通俗小说主要诞生于以上海为中心的城市地区,还包括京、津等北方大城市。比起清末民初,"五四"时这些地区的民族工商业经济在列强忙于第一次世界大战而放松对中国经济控制与掠夺的空隙中获得快速发展,被称为"黄金时期"。以上海为例,据统计,从第一次世界大战到1924年的几年间,上海民族工业的机器厂从原来的91家增加为284家,工业发展速度增加了两倍左右。与此同时,商业发展也有长足进步,如上海著名的"四大百货公司"均创办于"五四"这段时间[12]。工商业的发展也推进了娱乐业、文化工业的革新与发达。诚如有论者指出的那样,此时的上海,"楼宇游乐替代了传统的园林游乐。一批集电影、戏曲、茶馆、赌台、西洋镜、保龄球等游乐项目于一体的大型游乐场,如新世界、大世界、大韵楼、先施乐园等相继兴办。与此同时,一批舞台设备先进、上演新型剧目的新式剧场,如大舞台、共舞台、天蟾舞台等也相继兴建,取代了茶楼式旧剧场"[13],其他如印刷文化工业的发展也成倍增长。例如,报纸1912年全国共有139种,到1926年达628种[14];民国前杂志全国共有200种左右[15],到1919年一年则有579种[16]。再如书籍出版,以当时出版量约占全国书业1/3的商务印书馆为例[17],1913年出版

219 种, 到 1918 年则增加到 422 种[18]。其中的通俗化书籍和杂志除个别之外，一般一版的印数在"五四"前为 3000 份左右[19]，而到"五四"时却增加了近一倍左右[20]。所有这些说明，"五四"城市工商业的发展也造成了"文化工业"的蓬勃气象。其结果，一个庞大的现代通俗文化市场开始正式形成，其受众仅上海的通俗小说读者就有近 40—100 万[21]。随着"五四"时期这个巨型文化市场的诞生，流通于市场上的市民通俗化文化性质也悄悄地向现代大众文化品格转变，其主要表现在：

第一，随着文化工业传媒手段的"现代化"，新兴科技开始介入市民生活，使市民通俗文化由单纯走向复杂，呈现出很强的综合性。"五四"前十几年的通俗化杂志及报纸副刊偏重于文艺，尤以言情说部为主。在当时不多的期刊中，仅以"小说"命名的杂志就有近 30 种，占所有文艺期刊的二分之一左右[22]。其他像前百期《礼拜六》这样的杂志，也几乎是清一色的小说。然而，"五四"后虽报刊如"雨后春笋"般"风起云涌"[23]，但纯粹文学性质通俗报刊杂志的比例却大为减少，而以"小说"命名的杂志在"五四"期间仅有 13 种左右。像此时复刊的后百期《礼拜六》杂志，内容也大为改观，除小说外新辟了"琐记"、"漫言"、"杂话"、"闲评"、"笑语"等综合性栏目。报纸也是如此，像《申报》，在"五四"期间增设了专刊、副刊、专栏等，介绍各种生活常识、新兴就业趋势与市场信息及各种文化娱乐活动，以满足市民的生活需要与发展欲望。

其二，市民通俗文化走向较彻底的商品化，商品交换的运行逻辑成为至高无上的法则，控制着这类文化的生产、流通与消费。"五四"

时的通俗文化市场以文字印刷媒介——书籍、杂志、报纸三大类型为主。其中,书籍是杂志中通俗文学精品的汇聚与荟萃,杂志又是报纸及其副刊的派生与延伸。因此,报纸及其副刊是当时通俗文化的一个窗口,它也是通俗小说"赖以安身立命的重要基地"[24]。当时全国最大的两家报纸《申报》、《新闻报》及其副刊正是"五四"通俗小说界的"大本营"之一[25]。基于此,不妨对"五四"时这两家报纸的性质进行分析。据统计,《新闻报》、《申报》分别于1914年、1916年左右发行量达2万份上下,开始进入赢利阶段的企业化过程,至1926年达14万份,增加了近六七倍[26]。很显然,这是两报资本积累快速增长的关键时期,为更大限度地扩展读者群、刺激发行量、增加企业利润,以完成现代商业性企业形象的塑造,"企业化"的运作机制及商品化的经营方式贯穿于报纸生产的每一个环节。报纸的各个版面设计包括副刊自然也受这个"商品化"规则的支配,从内容到形式无不以吸引读者迎合读者为目标。身处其中的通俗小说作家自然也要受此约束,于是,这种文化市场商品化机制的建立使"五四"通俗小说家彻底地沦为现代大众文化代言人的"卖钱"作家。

其三,市民通俗文化市场进一步走向娱乐化,享乐主义、颓废主义倾向的"黄色"文化也进一步滋长。"五四"时都市工商业的发展加快了市民的劳动与生活节奏,也扩大了他们社会交往的接触面,并使他们拥有更多的休闲时间,这极大地推动了文化市场的娱乐化发展。最能显示"五四"文化市场这一趋向的莫过于当时的小报。据阿英统计,晚清小报有32种[27],再加上遗漏的几种,共有40种左右[28]。到"五四",仅上海就有几百种之多[29]。其内容则也有改观,蜕去了晚清小报的严肃性,大大发展了娱乐性。如晚清小报《游戏报》虽名曰"游戏",却"以痛哭流涕之笔,写嬉笑怒骂之文"[30]。而"五四"时的小报如《晶报》则成了当时市民众所周知的消闲品,它融汇了新闻、文艺、实用常识、社会黑幕、嫖界状况等多种信息,比起《游戏报》偏重于文艺与新闻的单调来显然要趣味浓厚得多。与此同时,"五四"小报发展也日益混杂,泥沙俱下,出现了像《嫖学入门》、《赌经》、《花间春讯》等多种专谈黑幕、专做"嫖界教科书"的"黄色"报纸。小报发展的这种种特征也反映了当时文化市场的复杂性。

"五四"时都市通俗文化市场的巨大发展及其综合性、商品化、娱乐化特征是现代社会大众文化形成的标志,它是现代城市工商业快速发展及城市社会、经济、科技与传媒现代化转型的必然派生物,也是当时城市居民"环境的现代化"的一个重要特征。这是市民文化由传统走向现代的一次深刻转型。"它表明传统的,以宗法农村为基础的价值已转化为核心家庭广泛的社会交际,和被社会学家通称为是'社会的'文化"[31]。为适应这种文化转型而产生的市民心理需求的新变化促成了清末民初俗化发展小说沿着现代通俗化方向的转换。这一转换的明显标志之一是通俗作家作品的更"新"换"代"。如果说清末民初俗化小说以徐枕亚的《玉梨魂》、李定夷的《鸳湖潮》、吴双热的《孽冤镜》及周瘦鹃、包天笑的早期言情小说为主要代表,那么"五四"现代通俗小说,中经李涵秋的《广陵潮》、不肖生的《留东外史》等过渡后,则主要以程瞻庐的《茶寮小史》、不肖生的《江湖奇侠传》、程小青的《霍桑探案》、张恨水的《春明外史》、《金粉世家》及毕倚虹的《人间地狱》等为主要代表。而部分跨越"五四"前后两个阶段的通俗化作家如周瘦鹃、包天笑等的创作风貌也出现新的转型。像周瘦鹃,在"五四"前以《恨不相逢未嫁时》、《遥指红楼是妾家》、《似曾相识燕归来》等"苦情小说"及《为国牺牲》、《爱夫与爱国》等"爱国小说"蜚声文坛。这些小说明显地受徐枕亚《玉梨魂》等"鸳鸯蝴蝶"体旋风的熏染。《玉梨魂》中何梦霞与白梨娘相爱相怜但终未成眷属及何梦霞殉情殉国战死于武昌城下的情节模式基本上贯穿于周瘦鹃此时的小说创作之中。"五四"后周瘦鹃的小说创作有新的变化,出现了较多的同情劳工、反映社会伦理的社会小说,如《铁工之血》、《父与子》等,主题与题材走向开阔。人物描写也逐渐开始脱离以前"向壁虚构"的弊病,增多了人物环境的描写与氛围的渲染。小说语言也开始蜕去了前期文言的古雅气息,采用通俗的白话语言形式。从清末民初到"五四"通俗化小说作家作品的更新换代意味着一种不同于以往的现代通俗小说的崛起,其基本思想艺术形态呈现出新的特点,表现为:

首先,"五四"通俗小说表现出多样化、综合化发展趋势。如果说清末民初俗化小说形成了言情小说独霸文坛之势,那么"五四"通俗小说则以各种小说类型的"争鸣"、"齐放"为其特色。社会小说、武侠小说、侦探小说、历史演义小说、滑稽小说、党会小说、言情小说等此时均已初具形态,各自出现了足以成为中国现代通俗小说类型奠基人的代表性作家,如李涵秋、不肖生、程小青、蔡东藩、程瞻庐、姚民哀、张恨水等。不仅如此,"五四"通俗小说还改变了民初俗化小说以"写情"为中心的单纯化倾向,小说主题与题材日益呈综合化发展态势。如果说李涵秋的《广陵潮》将"社会、家庭、言情三大题材""汇流交错"⁽³²⁾是一个开端,那么之后的张恨水等人在各自的领域则作了较为成功的创造性开拓:如姚民哀的党会小说将社会纪实与江湖帮会的传奇秘史混杂一体,不肖生的武侠小说将江湖传奇、社会秘闻、武侠技击熔为一炉,程瞻庐的滑稽小说将社会讽刺与滑稽幽默的闲谈糅合为一,张恨水的《春明外史》、《金粉世家》更将言情、社会或家庭题材融合得水乳不分,这些努力使"五四"通俗小说适应了市民社会的发展,获得了新的生命力。

其次,文化市场的商品化运作机制贯穿于"五四"通俗小说生产传播与消费的各个环节,如小说创作的趋新追时与模式化、作品传播的便利化、小说价值的商品化等。民初言情小说已有商品化倾向,像周瘦鹃这样的作家走向小说创作也与当时的稿酬刺激相关⁽³³⁾。然而,在总体上很难说当时作家有多少强烈的商品意识,连徐枕亚创作的《玉梨魂》起初也只是作为一种"义务稿",作者对书商的盗版牟利也曾一度置若罔闻⁽³⁴⁾。但是,"五四"的通俗小说家则颇为不同。有的公然宣称"我如今卖小说了……我是决不搭'名士'或'老牌号'的架子的"⁽³⁵⁾,有的以文换钱还债如毕倚虹,也有的因一时无其他经济来源而只好依从文化商人之旨意写作如不肖生⁽³⁶⁾,总之,明确的商品化意识与追求成了他们大多数人写作的动机之一。为了适应文化市场的商品化运行逻辑,"五四"通俗小说创作一方面刻意探求新型的艺术样式,创造出各式各样的小说类型,以适应不断变化的市民的趣味,另一方面则又出现大量的模仿之作,造成小说的流行性、类型化现象,如《广陵潮》之后有《歇浦潮》、《新歇浦潮》等,《霍桑探案》之后有《李飞探案集》之类,《江湖奇侠传》更刮起一股强劲的武侠旋风。为争夺读者、扩大作品的销售量,"五四"通俗小说的传播可谓便利快捷有效,大多数作品都出现在与市民接触最迅速最频繁的报刊中,并通过各式各样的广告术为其促销,作品往往能直接送至大众的每天必经之路上,有时还会出现市民"像清早争买大饼油条一样""争先恐后地涌进去购买"的盛况[37]。于是,小说的价值自然也跟着进一步商品化,许多作家普遍追求写作数量,名家也不例外。他们大多是"多产作家",往往"大批生产,大批推销",俨然"是一部写作机器"。周瘦鹃自称"文字劳工"[38],不肖生则"日写数千字,博稿资以自给"[39],创作速度惊人。这其实是当时通俗作家的一个普遍现象。总之,商品化是"五四"通俗小说的一个根本特征,"五四"通俗小说现象的各个方面几乎均与此有关,并在很大程度上规约小说创作的内容和质量。

再次,作品的趣味化及小说形式的大众化追求。清末民初俗化小说也讲究"趣味",典型的如前期《礼拜六》,宣称"一编在手,万虑都忘"[40]。然查阅前百期内容,其实当时小说家尚不致沦为完全的趣味主义,还有因对时局与现实的不满或不平但又无可奈何的"失意时的消遣"[41]意味。他们所写往往有作家自身经历的影子,行文中时时流露出顾影自怜的感伤情怀,这虽然有别于传统小说的"谈资助兴",但却颇有独善其身、著文自遣的传统名士风色彩。其骨子里,并未完全消退"小说界革命"等观念的影响,所以常有《中华民国之魂》

(《礼拜六》第 26 期)之类所谓"侠情小说"的创作。其实那时,连徐枕亚这样的正宗"鸳蝴派"鼻祖也再三声明"勿以小说眼光"读《雪鸿泪史》,似乎真的"意别有在",并非"无聊"之作[42]。到了"五四",在文化市场的巨力作用下,通俗小说家才无暇顾及"保守旧道德"的自我严肃性,走向了取悦大众的"公众娱乐人"扮演者形象。茅盾批评这类作品"游戏的消遣的金钱主义"[43]不无道理,它表明,当时通俗小说的"趣味"与商业社会的"游戏""金钱"实是一对孪生姐妹,同根而生。它以浅显的语言、通俗的形式、曲折的情节敷衍一个个迂回生动、趣味横生的故事,令市民大众爱不释卷。因此,"大众化"便成了"五四"通俗小说的必然选择。如果说"五四"前的言情小说等尚有作者自我遣愁、以辞章炫才娱乐的因素,艺术上以诗词书信及古雅的文言甚至四六骈体文较为别致地讲一个含有"我"的故事,如《玉梨魂》、《恨不相逢未嫁时》等,情节并不复杂,但到"五四"时,这些成分显然主要已为适应大众口味而制作的情节结构曲折化,叙事生动化、语言白话化的章回体小说形式所取代。典型的如包天笑,这位曾在清末民初以大量古雅短篇言情说部名噪一时的通俗大家,到"五四"时则以创作《留芳记》、《上海春秋》等章回体小说而闻名。所以,代表"五四"通俗小说的并不是众多的短篇小说,尽管在思想艺术方面比长篇更有创新意识,但它毕竟无法长久获得市民大众的欣赏和青睐。章回体长篇小说文体才是"五四"通俗小说的重镇,因为这种文体形式与市民生活观念相应的缓慢生活习俗较为适应,也容易为他们所理解,更符合"大众化"的原则。

第三节

"五四"雅俗小说并存格局的
历史形态与演进

　　经"五四"新文化运动催化而产生的现代高雅小说"是中国的知识阶级对于近代文明发生了自觉的一种运动。这后面有欧战期间发芽开花的中国产业社会作背景"[44]。而现代通俗小说正是由"五四"时都市居民面临这个"产业社会"与"近代文明"的大环境而产生的心理上的需要促成的。两者一经产生,其并存格局就成为现代小说史的重要内容之一。在"五四",这一并存格局呈现出明显的阶段性发展态势,各阶段又有各自的特征。

　　1917—1920年为第一阶段。这一阶段,雅俗小说并存格局初步形成。从理论上看,高雅小说阵营明显占据优势,胡适、刘半农、李大钊、周作人、鲁迅等新文化运动先驱先后对通俗小说进行过不同程度的严肃批评,而通俗小说阵营却只有招架之势,辩护乏力。但在创作上,通俗小说不仅几乎占据了所有出版社的主营业务,而且还控制了当时大多数文学杂志及报纸副刊。比较而言,高雅小说创作确实"贫弱得可怜"[45],连一家较大型纯粹高雅文学杂志和出版社也没有,作品散见于《新青年》、《新潮》等并非以文艺为主的综合性报刊上。不过,从作品的质量影响与发展趋向来看,高雅小说显然又有优势,对文坛的冲击力更为巨大,如鲁迅小说、冰心小说等。在他们的带动下,"白话作者逐渐多了起来"[46],高雅小说发展呈快速上升势头,至1920年,事实上一个蓬勃的文学发展运动已经在酝酿。相反,通俗小说发展却显得相对缓慢,它正处于向现代化通俗化转型的过程中,很少存在优秀作品。

1921—1924 年为第二阶段。此时"五四"现代雅俗小说创作形成了真正的相持和对峙,并且各自开始走向转型与分化。自 1921 年开始,高雅小说创作"在一天一天热闹起来","文学团体和小型的文艺定期刊物蓬勃滋长",仅 1921 年第二季度就比第一季度创作数量增加了近一倍⁽⁴⁷⁾。与此同时,以"礼拜六派"为代表的通俗小说尽管"无论杂志和书籍的销行,也比新文艺更为广远",并"苟延二三年的寿命",但它不再会有民初时的鸿运,开始走向"回光返照"阶段。于是"全国的读者很显明地分成两个壁垒"⁽⁴⁸⁾,雅俗小说达成了倚角之势。两者在对峙相持阶段,各自又开始出现新的变化。高雅小说主题、题材、创作方法不断丰富,"作家的视线从狭小的学校生活以及私生活的小小波浪移转到广大的社会的动态"⁽⁴⁹⁾,而且,"浪漫主义,现实主义,象征主义,新古典主义,甚至表现派,未来派等""纷至沓来地流入到中国"⁽⁵⁰⁾;通俗小说则进一步蜕去"言情"与"黑幕"之风,像后百期《礼拜六》杂志上的社会小说数量已接近甚至超过了言情小说。此时侦探小说、武侠小说、滑稽小说等多种小说类型也渐次崛起,出现了相应的专门性报刊如《侦探世界》、《滑稽新报》、《武侠世界》、《福尔摩斯报》等。不仅如此,小说的雅俗阵营内部也开始走向分化。高雅小说也出现了雅与俗两极化的发展,少数的成了专业性的严格意义的高雅文学,如"文研会"、"创造社"、"沉钟社"等骨干成员的部分作品,而多数小说匮乏真正具有创新与探索意味的高雅品格,正如茅盾批评当时"竟占了全数过半有强"的"男女恋爱"小说时指出的那样:"不幸他们所创造的人物又都是一个面目的,那些人物的思想是一个样的,举动是一个样的,到何种地步说何等话,也是一个样的。……这样的恋爱小说实在比旧日'某生某女'体小说高得不多"[51],这种模式化倾向正是高雅小说分化发展的明显标志,也是对通俗小说创作模式的不自觉认同。与此相应的是,通俗小说也走向分化。不仅刊载此类作品的通俗文学阵地开始转向,像中华书局、亚东图书馆、商务印书馆等此时纷纷出版各种高雅小说与文学著译丛书,一些通俗杂志开始开辟"新体小说"栏目,或干脆进行革新如《学生》、《妇女》、《小说月报》等杂志。而且,小说创作面貌也开始分化,部分作品在逐渐摈弃旧有通俗创作模式的套路与方法之后,开始吸纳高雅小说的某些方法与技巧,更为"高明"地演述一个个通俗化的故事,增强了对现代市民读者的吸引力,像毕倚虹、李涵秋、程小青等作品。而另一部分作品则"抓着社会的弱点,利用读者的惰性与迷信心理"[52],走向低级趣味的写作路子,据统计,仅1922年7月,专行调查销毁淫词小说的上海书业公所创立的书业正心团查禁销毁"淫书"即达四万六千三百九十六本[53]。可见,这一阶段雅俗小说并存格局发生了明显的变化,尽管理论上雅俗小说阵营仍然对峙相持,但在创作上,双方则发生了潜在的交流与影响,并且各自内部出现了新的转型与分化。

1925—1927年为第三阶段。在这一阶段,雅俗小说一方面各自沿着自身的发展逻辑完成其由"五四"向30年代的过渡,另一方面,双方之间发生了更为密切的交流。如果说高雅小说界此时正酝酿着从文学革命向"革命文学"的转变,《洪水》、《猛进》等刊物纷纷发出关于"革命与文学""走向十字街头""个人主义艺术的灭亡"之类的宣言,预示着一个创作新时期的来临;那么通俗小说界这一阶段则开始了由"南派"小说向"北派"小说的过渡。南派的言情小说、社会小说已趋向没落,武侠小说、侦探小说、党会小说等移居于通俗文坛的中心。这是南派通俗小说的最后一浪。与此同时,"北派"张恨水、陈慎言、赵焕亭等社会、武侠、言情小说在这一阶段却初露锋芒,预告着另一个通俗小说时期的到来。雅俗小说过渡过程的同步性反映了"五四"雅俗小说并存格局的整体性,不过这种整体性特征在这一阶段还表现为雅俗小说双方之间的互为趋同式发展。从文体角度而言,这一阶段的高雅小说界中长篇小说日益居多,从小说界的边缘逐步移向中心,而通俗小说界的短篇作品也同时开始上升。这意味着双方在艺术形式上开始日益走向接近。不过,这只是表面。促使双方趋同式发展的深层因素在于这一阶段社会文化继五四运动之后又发生了新的转化。五四新文化运动高潮的结束及"五卅"运动的兴起,标志着社会重心由文化启蒙向社会变革实践的转变,因而高雅文学界才有关于"革命文学"的倡导及反帝题材小说的兴起,通俗文学则有武侠、侦探、党会小说的高涨。表面上雅俗小说题材之间风马牛不相及,但其实却反映了双方对反帝反军阀运动及以武力形式反抗统治者所抱的共同的迫切愿望。只不过前者是现实性的,后者是幻想式的而已。在这点上所达成的共识才使双方后来在思想艺术上有可能主动向对方汲取:高雅小说为"教育人民、打击敌人"而借鉴通俗小说的"大众化"与"民族形式",以求广泛传播和生动有趣;通俗小说则为配合民族解放社会变革,主动参与社会、描写现实,借鉴高雅小说的严肃性及广义的"现实主义"精神,艺术上由虚幻走向写实,如张恨水的《五子登科》、《八十一梦》等。因此,"五四"后雅俗小说并存格局的种种变化也可在这一阶段回溯追寻,它已暗示了这样的信息:严格意义的雅俗小说正受到来自现实社会文化的挑战与冲击,雅俗小说并存格局将逐步走向消解,取而代之的最终将又是介于雅俗之间的"中间型"小说,40年代末京派、七月派与鸳蝴派的逐步受批评并在之后迅速消失,证明了这一信息的可靠性。

总的看来,"五四"雅俗小说界泾渭分明。在此之前的清末民初小说家常有既创作高雅化风貌小说又创作通俗化色彩小说的现象,如吴研人,既有《二十年目睹之怪现状》等"谴责小说",又有《女界烂污史》等"黑幕小说";但"五四"则不同,雅俗小说家彼此一般有各自的小说创作方向,两类作家很少直接联系沟通,既写雅小说又写俗小说的"两栖型"作家几乎没有;他们各有各的雅俗文学发表阵地。这些阵地(包括报纸和杂志等)一般只登雅俗小说中的一类,较少有"两栖型"的。这也是"五四"雅俗小说并存格局的一个重要特征之一。

其二,在"五四"雅俗小说并存格局中,雅俗小说的发展速度与文体变迁均不一致。高雅小说呈持续稳定发展态势,数量不断增长;通俗小说发展却相对较为平缓,速度较慢。但在总体上,俗小说数量仍高于雅小说。据统计,"五四"期间,刊登小说的较大型的雅俗文学杂志分别为30种、68种左右,其中纯粹的小说杂志则分别为2种和13种[54]。另外,从书籍出版情况来看(参见表1),这期间雅俗小说集总数分别占"五四"所有小说集的35%与65%左右,高雅小说以短篇小说为主(约占总数的 80% 左右),但中长篇小说发展也呈日渐上升之势,仅 1927 年就有 12 部之多,超过"五四"前七年中长篇高雅小说总数。通俗小说以中长篇小说为主(约占通俗小说集总数的 60%),但短篇小说发展也较迅速,至"五四"后三年,其小说集数量已差不多接近或超过中长篇小说集数量。这种小说发展数量与速度的差异说明,通俗小说在大众读者层所占据的绝对势力,及与大众阶层读者圈相应的波浪形缓慢发展状况;另一方面,也说明了高雅小说与新式知识分子层读者圈膨胀相应的线性快速增长趋势。前者以数量优势风靡大众阶层,后者以其质量影响冲击文化知识界。

第四节
"五四"文化雅俗结构的转型与小说雅俗
并存格局的现代型品格

　　"五四"雅俗小说并存格局的生成与演化,从根本上说是由于长期以来中国文化雅俗结构的变迁所导致的小说雅俗化发展的结果。中国文化很早便已出现雅俗分层的发展状况。《论语·述而》云:"子所雅言,《诗》《书》、执礼,皆雅言也",即暗含了这种士大夫专有文化与下层民间"俗"众中流行的"街谈巷语"等文化的分别。而《荀子·乐论》中所说的"使夷俗邪音不敢乱雅,太师之事也"更道明了那时文化雅俗之辩的特定意味,即雅文化与俗文化之间的正统与非正统、规范与被规范、深奥与浅显之别。在这种严格的正统观念的束缚下,"道听涂说者"所造的"小说"自然是"君子弗为"的"不入流""小道",所谓"诸子十家,其可观者,九家而已"[55],它实在难以获得士大夫的重视,更别说进入高雅文化之林。这种状况一直沿续至唐宋以来的中国古典小说期间。尽管后来不断有少数的上层文人参与小说创作,但这种非正宗文化与文学类型的地位终究难以改变,这就从总体上限制了小说思想艺术风貌的较大发展,且在根本上难以脱离其俗文化角色。这正说明,在古典文化及其正统观念的束缚下,小说文体雅与俗的彻底分化及其并存格局的正式诞生终究难以完成,它只有到"五四"中国文化雅俗结构全面调整转型时才能实现。

至"五四",新文化运动先驱仰仗其西学优势对传统文化及其结构形式进行了严厉的诘难与批判。他们一方面对传统雅文化提出鲜明的反对意见,认为"要拥护那德先生,便不得不反对孔教,礼法,贞节,旧伦理,旧政治。要拥护那赛先生,便不得不反对旧艺术,旧宗教。"[56]另一方面,又对传统俗文化地位进行重估,认为那些说"白话鄙俚浅陋,不值识者一哂之者也"的"高雅的人"为"现在的屠杀者"[57];把"词曲歌谣白话小说升作文学正宗,请经史子另寻靠山自立门户"[58]。这事实上是对以尊卑贵贱为特征的传统雅俗文化结构的彻底颠覆,取而代之的是,一种以白话语言为基础的新型现代文化。不过,这种白话现代文化远非如传统以白话语言为主的俗文化那样单纯划一。它事实上仍有雅俗深浅之别。具有深厚中西文化基础的大学教授、留学生及名牌大学学生所使用的表达自我思考与见解的白话语言毕竟有别于专供广大市民阶层阅读欣赏所使用的白话语言。前者表现出明显的新式知识分子精英文化特色,追求"宏深的思想、学理、坚信的主义,优美的文艺,博爱的精神"[59],后者则反映出更多市民大众文化的特色与趣味,并不以"取悦于文人学子"为旨归,而是倡导"凡闺秀学生商界工人无不咸宜"的白话"兴味之作"[60]。这是一种新型的文化雅俗结构。至此,传统雅俗文化两种成分显然主要分别被新式知识分子精英文化与市民大众文化所取代。伴随着雅俗文化成分的变革,它们之间的地位、价值功能与关系结构也发生变化。如果说以经史文化为主的雅文化居于整个传统文化结构中心,具有尊贵、严肃及统治规范的性质,那么以戏曲、白话小说等文化为主的俗文化则处在这个结构的边缘,并呈现出卑贱、轻松及"补充""附庸"的性质,无论是文体地位、文体价值还是文体权力意义比起前者显然都被视作无足轻重,而且它几乎在各个方面都接受前者的监督与控制。"五四"时的雅俗文化显然区别于这种传统雅俗文化的关系结构形式。尽管现代高雅文化对通俗文化进行过持续的批评,但在"五四"时,这种批评并不具有政治强制性,或者说并没有意识形态意义上的统治性,通俗文化仍然可以进行反批评与辩护,具有一定的独立性。而且,在许多方面,如读者接受层及艺术探索成分的普及化等,时时还对高雅文化发展构成逼迫之势。正是这种雅俗文化结构的彻底改变,中国小说才真正实现雅与俗彻底分化的发展状况,成为既能表达知识分子精英文化意识又能表现市民大众文化趣味的具有双重功能的文体样式,形成了雅俗并存的格局,此其一。

其二,"五四"文化转型所赖以实现的社会产业文明的发展使小说家文化角色功能与创作旨趣走向分化,并直接促成小说雅俗并存格局的实现。"五四"城市产业社会的发展,使小说家必然要面对文明与艺术这一崭新的课题。是超越还是迎合物质文明与文化市场的规范,是他们所要作出的必然选择。"五四"高雅小说家一般"脱离各资本家的淫威而独立"[61],自觉地"提高文学者的身份"[62],反对文学的物化、神化及功利化,要求"以文艺为究极的目的"[63],且应当"是表记中国民族知能最高点的标本"[64]。唯其要求作家成为"能引路的先觉"[65],所以,他们主张"平民文学"。但是"平民文学决不单是通俗文学……并非要想将人类的思想趣味,竭力按下,同平民一样……凡是先知或引路的人的话,本非全数的人尽能懂得,所以平民的文学,现在也不必个个'田夫野老'都可领会"[66],总之,这是一群新型的文化知识者。他们有别于作为"附属品装饰物"[67]的古代文人形象,也有别于寄生资本家或官府的文化商人与文化政客,他们独立工作、独立生存,用自己的钱,说自己的话,既不必充当御用工具,也不必成为大众文化的代言人,因而可以特立独行地"表现自我"、"反映人生"及"自由创造",显示了具有独立人格与文学尊严的现代文人形象。"五四"通俗小说家则是典型的文学商品化的代表,他们应市民大众之需而写作,制造出各色各样的小说商品,并随着大众口味的变化而更换其"产品"类型,以批量生产的方式进入文化市场,取悦大众、迎合大众,他们"恰和林琴南辈的道貌俨然是相反"[68],没有了传统文人追求"治国平天下"的经世型责任,也有别于"五四"高雅小说家追求文学事业的高贵及文化人格的尊严的独立型文人。这正是一群具有消费型、依附型的轻松与嬉戏品格的大众文化宣传者、制造者与代言者形象,也是现代商品经济社会中文人的另一种生存方式。总之,"五四"高雅小说家一般将小说创作与其物质效益相分离,追求文学的精神价值与艺术的永恒性,这是一类具有物化社会反叛者及文明拯救者形象意义的现代作家;"五四"通俗小说家则往往将小说作品与文化工业、大众传媒及商品流通规律相联系,追求作品的物质利益与商品价值,他们是文化市场行情的紧密追随者与敏锐捕捉者。两类作家共存于"五四"文坛,"五四"小说雅俗并存格局正是由他们所创作的小说作品所构成。

"五四"雅俗小说并存格局一经生成,在整体风貌上,即改变了传统小说及小说家的文化与文学的地位、角色与功能,中国小说自此脱离了传统单纯的俗文学与文化地位,而同时进入了现代雅俗两种文化与文学领域,也改变了长期以来受正统雅文化与文学束缚与规范的"补充"角色及"消闲"与"教化"功能,而成为具有文人独立探索与大众普遍欣赏双重角色及审美、教益、消闲三重功能齐备的文体范式。无疑,这是中国小说由传统向现代转化后的新生之路,自此它将沿着有别于传统的新型发展逻辑而展开。

表1:"五四"雅俗小说集出版情况比较

	高雅短篇小说集数量	高雅中长篇小说集数量	高雅小说集总数	通俗短篇小说集数量	通俗中长篇小说集数量	通俗小说集总数
1917	0	0	0	7	15	22
1918	0	0	0	6	14	20
1919	0	0	0	7	12	19
1920	1	0	1	9	12	21

续表

	高雅短篇小说集数量	高雅中长篇小说集数量	高雅小说集总数	通俗短篇小说集数量	通俗中长篇小说集数量	通俗小说集总数
1921	1	0	1	10	9	19
1922	2	2	4	10	15	25
1923	10	0	10	8	12	20
1924	10	3	13	13	18	31
1925	28	3	31	7	15	22
1926	29	8	37	15	24	39
1927	35	12	47	15	10	25
合计	116	28	144	107	156	263

注:1. 本表资料来源为蒲梢《初期新文艺出版物编目》,《中国现代出版史料甲编》,中华书局1954年12月版;北京图书馆编《民国时期总书目》,书目文献出版社1992年11月版;贾植芳、俞元桂主编《中国现代文学总书目》,福建教育出版社1993年12月版;许觉民、甘粹主编《中国长篇小说辞典》,敦煌文艺出版社1991年5月版。

2. 表中有的数据与实际准确出版情况难免有误差,但大体比例则较接近事实。表中作品集如在"五四"有重版,一般以初版为准。关于表中作品的发行量实难统计,只有一点可以肯定,1925年以前高雅小说集的平均发行量较通俗小说集为少。

注释:

(1)耀公:《小说发达足以增长人群学问之进步》,《中外小说林》第2年第1期。

(2)老棣:《文风之变迁与小说将来之位置》,《中外小说林》第1年第6期。

(3)吴沃尧:《〈月月小说〉序》,《月月小说》第1年第1号。

(4)任公:《饮冰室自由书》,《清议报》第26册。

(5)岭南羽衣女士:《东欧女豪杰》第1回《雪三尺夜读自由书 电一通阴传

专制令》,《新小说》第 1 号。

(6)、(7)饮冰室主人:《〈新中国未来记〉绪言》,《新小说》第 1 号。

(8)《〈新小说〉第一号》,《新民丛报》第 20 号。

(9)周作人:《人的文学》。

(10)、(11)、(46)鲁迅:《〈中国新文学大系·小说二集〉导言》,上海良友图书印刷公司 1935 年 7 月版。

(12)《上海 700 年·民族经济发展的"黄金时期"》,上海人民出版社 1991 年 8 月版。

(13)、(28)、(29)秦绍德:《上海近代报刊史论》第 5、6 章,复旦大学出版社 1993 年 7 月版。

(14)许焕隆:《〈中国现代新闻史简编〉前言》,河南人民出版社 1988 年 5 月版。

(15)参阅张静庐:《清季重要报刊目录》,《中国近代出版史料初编》,中华书局 1957 年版。

(16)许焕隆:《中国现代新闻史简编》第 2 页。

(17)陆费逵:《六十年来中国之出版业与印刷业》,《中国出版史料补编》,中华书局 1957 年 5 月版。

(18)李泽彰:《三十五年来中国之出版业》,《中国现代出版史料丁编》,中华书局 1959 年 11 月版。

(19)、(31)佩瑞·林克:《论一、二十年代传统样式的都市通俗小说》,《中国现代文学主潮》,复旦大学出版社 1990 年 2 月版。

(20)参见西谛:《读者社会的改造》,芮和师、范伯群等编:《鸳鸯蝴蝶派文学资料》,福建人民出版社 1984 年 8 月版;张静庐:《在出版界二十年·回光返照与黄金时代》,上海书店 1984 年 9 月印行。

(21)费正清主编:《剑桥中华民国史》第 1 部第 494 页,章建刚等译,上海人民出版社 1991 年 11 月版。

（22）参见鲁深：《晚清以来文学期刊目录简编（初稿）》，载同（18）。

（23）秋翁：《三十年前之期刊》，《鸳鸯蝴蝶派文学资料》。

（24）方汉奇：《中国近代报刊史》第 734 页，山西人民出版社 1981 年 6 月版。

（25）可参看汤哲声：《鸳鸯蝴蝶——礼拜六小说观念的价值取向及其评价》一文，《苏州大学学报》1992 年第 4 期，据他调查，"民国初年兴起的鸳鸯蝴蝶——礼拜六小说几乎全部在报纸副刊上连载过"。这似当指较有名的长篇小说。

（26）参见秦绍德：《上海近代报刊史论》第 5 章。

（27）阿英：《晚清小报录》，《晚清文艺报刊述略》，古典文学出版社 1958 年版。

（30）吴沃尧：《李伯元传》，《月月小说》第 1 年第 3 号。

（32）范伯群：《维扬社会小说泰斗——李涵秋评传》，《中国近现代通俗作家评传丛书（之九）》，南京出版社 1994 年 10 月版。

（33）、（38）周瘦鹃：《笔墨生涯五十年》，《周瘦鹃研究资料》，天津人民出版社 1993 年 2 月版。

（34）参见郑逸梅：《徐枕亚署名泣珠生的由来》，《清末民初文坛轶事》，学林出版社 1987 年 2 月版。

（35）《求幸福斋主人卖小说的话》，《鸳鸯蝴蝶派文学资料》。

（36）参见包天笑：《回忆毕倚虹》、《编辑小说杂志》、《钏影楼回忆录》，台湾龙文出版社股份有限公司 1990 年 5 月版。

（37）周瘦鹃：《关于文学工作种种》，载同（33）。

（39）郑逸梅：《不肖生》，载同（35）。

（40）钝根：《〈礼拜六〉出版赘言》，《礼拜六》第 1 期。

(41)见《文学研究会宣言》,《小说月报》第 12 卷第 1 号。

(42)徐枕亚:《〈雪鸿泪史〉自序》,清华书局 1916 年版《雪鸿泪史》。

(43)沈雁冰:《自然主义与中国现代小说》,《茅盾全集》第 18 卷,人民文学出版社 1989 年版。

(44)、(50)郑伯奇:《〈中国新文学大系·小说三集〉导言》,上海良友图书印刷公司 1935 年 8 月版。

(45)、(48)、(52)张静庐:《在出版界二十年·回光返照与黄金时代》。

(47)、(49)茅盾:《〈中国新文学大系·小说一集〉导言》,上海良友图书印刷公司 1935 年 5 月版。

(51)郎损:《评四、五、六月的创作》,载同(43)。

(53)参见郑鹤声:《清末民初对于民众读物编审之经过》,《中国出版史料补编》,中华书局 1957 年 5 月版。

(54)资料来源如下:鲁深《晚清以来文学期刊目录简编(初稿)》;唐沅、韩之友等编:《中国现代文学期刊目录汇编》,天津人民出版社 1988 年 9 月版;魏绍昌编:《鸳鸯蝴蝶派研究资料》,上海文艺出版社 1962 年 10 月版;芮和师、范伯群等编《鸳鸯蝴蝶派文学资料》等。

(55)《汉书·艺文志》。

(56)陈独秀:《本志罪案之答辩书》,《新青年》第 6 卷第 1 号。

(57)唐俟:《现在的屠杀者》,《新青年》第 6 卷第 5 号。

(58)雁冰:《进一步退两步》,《文学周报》第 122 期。

(59)守常:《什么是新文学》,《文学运动史料选》第 1 册,上海教育出版社 1979 年 5 月版。

(60)天笑生:《〈小说画报〉例言》,《小说画报》第 1 号。

(61)郁达夫:《〈创造月刊〉卷头语》,《创造月刊》第 1 卷第 1 期。

(62)、(67)雁冰:《文学和人的关系及中国古来对于文学者身份的误认》,

载同(43)。

(63)周作人:《新文学的要求》,《中国新文学大系·文学论争集》,上海良友图书印刷公司印行1935年10月版。

(64)、(65)鲁迅:《随感录四十三》,《新青年》第6卷第1号。

(66)仲密:《平民文学》,《每周评论》第5号。

(68)郑振铎:《〈中国新文学大系·文学论争集〉导言》,上海良友图书印刷公司1935年10月版。

○ 第二章

现代雅俗小说的关系结构

　　现代雅俗小说并存格局一经生成,雅俗小说之间的关系结构便成为现代小说史的一个重要内容。对它的准确理解,不但有助于进一步认识雅俗小说的不同性质和功能,避免过多的争辩和论战,而且直接关系到小说合理发展方向的把握及小说史深层意义的揭示。本章将在上文分析的基础上,联系小说史现象,对此进行专门的理论性阐述。

第一节

现代雅俗小说的理论界说

　　一般而论,现代形态的文学可分为高雅文学、通俗文学与民间文学三种形式。在"五四",因民间文学形式的小说几乎不复存在,整个小说格局主要由高雅小说与通俗小说所构成。从上章文字可以看出,所谓高雅小说,一般是指专业文人的创作,文化品位相对较高,其读者对象往往是受过一定专业训练或文化层次较高的知识分子。如在"五四",这主要表现为以鲁迅小说为代表的"现代小说"。尽管这些小说普遍采用白话这种相当接近大众的语言,但其文化内涵和艺术形式却与大众相去甚远,主要为新式上层知识分子所乐于欣赏。所谓通俗小说,虽然常常是专业人员的创作,但一般为没有受过专业训练或良好教育的文化水平居于中下层次的城市公众服务,不过,有时也作为上层文人消遣的阅读对象。如在"五四",这主要是指刊于《礼拜六》、《小说画报》、《侦探世界》及《申报》副刊《自由谈》、《新闻报》副刊《快活林》等通俗性杂志与报纸,或以单行本形式发行的主要面向市民阶层消闲的通俗性小说[1]。过去,有的文学史把这些作品全都囊括于广义的"鸳鸯蝴蝶派"名下,这种做法并不十分科学。且不说"鸳蝴派"本身只是一个约定俗成意味的较为含混的习惯性概念[2],无助于科学分析,且不说尚有部分通俗小说很难归入"鸳蝴派",单说把所有通俗小说都划为一个流派之中,这本身就容易造成文学史意识的某种偏向:即容易将它作为一个与文学研究会、创造社等高雅文学系统中的子系统相对应的结构层次考察,而不是把它视作与整个雅文学系统相对应、并与之处于小说史同一结构层次的复杂小说现象而剖析,因而实际上忽略了现代雅俗小说并存格局及其关系结构的文学史意义和内容。其实,正如上文所述,"五四"以来现代通俗小说与之前清末民初以徐枕亚的《玉梨魂》为代表的狭义的"鸳蝴派"小说有较明显的分野,具有独特的文化内容与艺术形式。

其作品无疑更为通俗,更受市民大众的青睐。它实际上属于现代社会学所称谓的"大众文化"这一现代通俗文化范畴[3]。"五四"期间,江、浙、沪及津、京地区城市的工商业化进程发展较快,已初具分工生产、讲求效率和产品的标准化、市场化等"大量生产"的现代城市社会性质,并造就了一批具有个性因素却又心理孤独的"人数极多但彼此或多或少无甚差异的集合体或'大众'"[4]。他们的文化需求通过当时较为发达的新闻报纸、通俗书刊等大众传媒的反馈和传送而得以实现,并由此形成了独特的"大众文化"现象。在当时,这种文化的特点是,与传统俗文化往往与农业文明时代生活方式相联的性质不同,它既有现代城市文明的个性与民主因素,又有与市民生活习惯相一致的文化保守倾向,滞留了相当多的传统道德文化意识,且还具有消闲性、时尚性和从众趋向。"五四"通俗小说介于新旧之间的思想艺术风貌,标榜娱乐消遣的创作宗旨,追随流行时尚和大众口味的创作倾向正反映了这种大众文化特色。与之前的旧小说不同,它是严格意义的现代通俗小说。

第二节

现代雅俗小说的关系结构

小说史的意义在结构中生成。现代雅俗小说的关系结构是现代小说史不可或缺的内容之一。过去,也有人把现代小说的雅俗关系理解为新旧文学在小说领域的表现,所以容易将两者视作无甚关联的独立体。显然,这种说法混淆了上文所说的现代通俗小说与之前旧小说在文化内涵与基本品格等方面的区别。这也是过去常把通俗小说拒于现代小说史门槛之外的原因之一。事实上,如果我们将雅俗小说的各方面加以比较,就更能看出两者决非新旧之别所能涵括,而是存在更为丰富的内容:

这首先表现在小说现象外部形态与文本表层形式诸方面。从作品的创作者与接受者角度看,现代高雅小说作者和读者呈现出学院化的先锋性,他们染风气之先,集中西文化于一身,基本上是大学教师、学生或刚走向社会的毕业生。因当时社会动荡、统治集团旗帜更替频繁,文禁相对松弛,所以他们所依附的学院事实上又成为以自由思想、艺术独立和个性表现相标榜的文化探索和艺术实验的基地,既明显脱离世俗社会及其大众文化,又远离政治化和商业化运作。这一学院化特征决定了他们成为一群具有强烈探索性意味的文化先锋和文化精英。现代通俗小说作者则大多是沦落的洋场才子,身染传统士大夫习气,却又耳濡目染新式文明。在入仕无门之后,为图生存,只得在大众社会中以笔谋生。或为报界中人,或为书局杂志编辑,或为专以卖稿为生的撰写者及职业作家。几乎所有通俗小说家如程小青、张恨水、不肖生、包天笑等都做过以上工作。他们不但亲身混迹于大众生活之中,深知大众文化品味,而且直接参与大众文化的制作,主动迎合大众的欣赏习惯。无疑,这些读者大众又是一个庞大的世俗性文化消费群体,他们在工作之余寻求娱乐、追随时尚,以调节畸形城市生活中的精神空虚、弥补单调而紧张的工作模式所造成的人与人之间的冷漠与疏离。总之,大众化的世俗性是现代通俗小说作者与读者的共同特征。从作品的传播载体角度看,现代高雅小说杂志具有独立性与审美化倾向。像《文学旬刊》、《小说月报》(革新后)、《新潮》、《创造》[季刊、月刊、周报]、《莽原》、《浅草》、《沉钟》等杂志,基本上由一批文化先锋或艺术探索者直接发起或改革、并参与编辑的独立性刊物,一般不直接受政治与商业团体的直接操纵,也不为大众流行时尚所左右,具有自在自为的自我意识和特立独行的办刊目标[5]。所以,围绕这些刊物,其骨干成员几乎就是一个文学社团或文学流派,由此形成了现代高雅小说以多样化追求和独创性风格为特征的社团林立、流派纷呈的局面。现代通俗小说报刊杂志大多由文化商人创办发行,一般依附于书局及其他出版部门,并被视为一种"摇钱树",如中华图书馆的《礼拜六》、世界书局的《快活》、《红杂志》及大东书局的《紫罗兰》等。为扩大影响和发行量,这些杂志主动迎合数量最为庞大的大众读者的趣味和书刊市场的需求,在封面设计、装帧印刷、小说插图及约稿编稿等方面无不花样翻新、别开生面。有的杂志,如《游戏世界》、《快活》等在刊物宣言中即公开标榜"排闷消愁"、追求"快活";也有杂志,如《小说大观》等千方百计寻求时装美人照片作为插图[6];还有杂志则搞文字游戏,推出"集锦小说"、"一行小说"、"悬赏小说"等奇异栏目,以招徕"顾客"。可见,现代通俗小说杂志具有商业性和娱乐化倾向,表现出明显的他在他为的读者意识和经济目标。这也决定了这些小说匮乏审美的独立性及艺术的独创性与个性化风格,以致这个庞大的通俗小说创作群体长期以来常被视为单一的文学流派而存在。从作品的题材与主题取向看,现代高雅小说具有真实性、独创性和发展性特征,集中于人生问题探索、个性意识张扬、社会改造与民族独立意识的倡导等领域，始终与时代社会的前进及人的精神发展相联系。由于这些作家富有强烈的个性意识和创造精神，所以，即使写同一题材或主题也决不类型化，却颇能显示独创性的新颖感与多元化探索意识。如同是描写个性解放及婚恋问题，鲁迅的《伤逝》揭示了个性追求与人道主义的冲突，并将个性解放与社会解放主题相结合；郭沫若的《残春》则反映个性解放与道德局限的冲突，展示了人性发展与道德要求的深层矛盾，两者迥然相异却辉映成趣，各有独到的发现。现代通俗小说以虚幻的形式泄导和补偿机械工作和单调生活中的市民大众的精神欲望，其题材集中于人类心理最感兴趣和最好奇的言情、武侠、侦探、社会黑幕、滑稽、历史英雄故事等领域。当时，上述每一题材几乎都有各自的代表性作家作品，如张恨水的《春明外史》、不肖生的《江湖奇侠传》、程小青的《霍桑探案》、李涵秋的《广陵潮》、程瞻庐的《茶寮小史》、蔡东藩的《历史通俗演义》等。这些小说题材不一，但往往又呈现出类型化、流行性、秘闻性与刺激性特点。如不肖生的《江湖奇侠传》，糅合了清末民初湖南地方的乡野奇谈、宗族械斗、帮派火并等秘闻轶事，虚构了侠客、术士、技击与法术的江湖勾当，演出了一个个惊心动魄又趣味横生的火爆场面，以致这种"武戏"成为流行时尚，追慕仿制者层出不穷。沈雁冰曾回顾说："自《江湖奇侠传》以下，摹仿因袭的武侠小说，少说也有百来种罢。"[7] 这种创作的批量生产与复制现象构成了现代通俗小说的又一特点。

其次，现代小说雅俗关系更表现在小说文本的内部品格与深层意味诸方面。从文化历史功能角度看,现代高雅小说对现实取深刻的关怀态度,它以沉思睿智甚至悲剧型的品格引导人们对现存文化历史及现实人生进行反思、自省和改革,使之沿着现代化、历史化、人性化方向发展。在这方面,现代高雅小说不乏文化激进主义态度,表现为试图与传统文化结构链的断裂,并重建一套崭新的现代文化价值体系与结构规范。其开山之作《狂人日记》关于礼教"吃人"的寓言,几乎成了所有现代高雅小说意蕴的共同象征。现代通俗小说则对现实取肤浅关怀的态度,常以快悦轻佻的情感甚至不无煽动性的感官刺激代替高雅小说深邃而严肃的思考,具有短暂、流行、快速、直接的文化使用与消费性质,很少承担历史文化的直接创造,缺乏文化先锋者敏锐的历史文化发展意识。它让人们从阅读幻象的快感中安抚痛苦和悲剧,因而具有"避世"、维持现状与加强既定规范的文化保守倾向,有别于高雅小说竭力促进社会文化转型的价值取向。如郁达夫的《沉沦》,从灵肉冲突与正常人性扭曲的展示中对礼教文化持彻底的否定和蔑视态度;而周瘦鹃的短篇名作《真》,写情则排斥"人欲",写婚姻不自由则又显得万般无奈,对旧社会文化虽作了一定的反思,但其态度显然缺乏前者的清醒、深刻和激进。从审美范式角度看,现代高雅小说以"表现人生"、"表现自我"为核心,将小说的审美追求与文化批判和启蒙相融合。事实上,"五四"文学革命者提出文学包括小说创作"不是为文学本身以外的什么东西而创作"[8]、坚持"独立的艺术美与无形的功利"[9],其审美范式本身即充满了文化批判的先锋意味。它将小说视作与其他文化类型(如经史)一样,具有独立的地位和价值,改变了小说在传统文化结构中处于"小道的小道"的卑下地位,这本身就是对以尊卑贵贱为结构特征的传统文化的挑战。审美追求与文化启蒙的一致性强化了现代高雅小说的审美纯粹化,使之向着艺术表现的自律、自由与永恒方向发展,因而表现出极高的文人化、书面化与主观化特征,诸如弹性变形的语言、独创性的构思、心理化的描写及叙事的非情节化等,其文体则以实验化、审美化色彩颇高的新式短篇为主。现代通俗小说审美范式以戏趣和消闲为核心。无论是侦探、言情、武侠或历史演义小说,一般总以传奇式、趣味化笔法虚构或披露具有阅读快感的情节故事与秘闻材料,带有狂想、放纵与梦幻色彩,它使市民们受压抑的心理意识在阅读戏剧式、趣味化的文学形式中得以泄导。其审美特征与大众的审美心理与阅读期待相一致,并以改良的白话章回体长篇小说为主。从小说的变化与发展形态看,现代高雅小说具有不断超越的"诗化"发展本性,沿着历史文化的现代性和审美艺术的纯粹性而展开。在作品思想内容方面,具有不断超越"此在"现实人生状况走向"彼岸"完美境界的追求;在小说艺术形式方面,则存在不断超越作家自身或当时小说界既定审美规范和审美模式的趋向。鲁迅小说被茅盾称为小说形式革命的先锋,正是现代高雅小说家艺术上不断追求超越的典范;当时小说社团流派的林立,也是作家们普遍寻求艺术超越的一种表现。这一发展形态的"超越"性,促使高雅小说不断求新求变求异,从而将整体艺术水平推向前进,并具有自恋自审而又自信的艺术独立倾向;现代通俗小说则具有不断"迎合"的"俗化"发展本性,迎合"大众",迎合时尚,迎合商品交换的逻辑规律,它将一幕幕鲜为人知的奇闻异事以生动的形式诉诸读者,追求艺术表达的世俗化,并无秩序无统一地探求大众阅读的需要,造成潮起潮落的发展趋向:"有时是哀情小说成了潮,有时是社会小说成了潮,有时又是武侠小说成了潮……潮退了,也就'绚烂之极,归于平淡',又换了一个潮。"(10)因此,随着时尚的轮回,其发展也呈现出周期性特征。

从上述比较中可见,现代雅俗小说呈双水分流态势,各有各的发展逻辑和传播交流圈,各有各的作者读者阶层及题材主题取向,各有各的文化历史功能和审美范式,其间存在着相对的层次性。如果从其中的一方去看另一方,那么,显而易见,两者之间存在着对峙性。但是,若将两者放在现代小说总体格局中观察,那么两者之间又存在着潜在统一性,表现为:现代雅俗小说互为补充互为前提,既相分离又相依赖,似相反而实相成。具体而言,现代雅俗小说作为现代形态高雅文化与通俗文化的一部分,归根结底是同一现代社会文化结构的必然派生物,两者均以社会文化的民主化、平民化、世俗化及工商业进程与传媒的快速发展为条件和基础。从上文的论述中我们看到,在某种意义上,没有文化的世俗化、民主化进程,"通于俗"的中国小说就不可能为社会所重视,其文化地位也不可能得以提高并走向独立,即无法实现其现代性转变,也无所谓存在现代高雅小说。既然存在上述社会发展状况,也就必然意味着社会大众普遍开始觉醒,他们也就有权利需要且必然会创造出适合他们口味的"大众文化",反映在小说上,也就是现代通俗小说的形成,此其一。其二,现代形态的社会文化是以摆脱古典式的单一性走向现代式的多元发展的复杂性为重要特征的,其中的各个亚文化虽彼此之间互有分歧和对抗,但各自均有不可替代的意义和作用,它们以其不同的文化功能相反相成地融合为一个现代文化统一体。现代雅俗小说虽然各自追求自己的目标，但结果却使两者共同获得发展，整个小说史结构显得和谐稳定而丰富多彩，关键就在于两者各负有其特殊功能，互为补充地建构了现代小说的整体风貌。其中，高雅小说主要承担了文化创造和艺术探索的生产功能，通俗小说则主要满足了大众欣赏需要的文化使用与艺术消费功能，因而建立了一个文化艺术生产与使用良性循环的小说平衡发展机制，较快地推动了小说史的发展进程。

第三节

现代雅俗小说关系结构的文学史意义

长期以来，人们谈及现代小说雅俗关系时，往往强调其对峙性，而忽略其统一性。在我们看来，这既是雅俗小说界相互争论不休的原因之一，也是之后文学史界对雅俗小说评价经常出现波动的一种根缘。人们往往站在其中一方的立场，并以这一方的标准去指责或评价性质功能和目标均不一致的另一方，于是不可避免地会发生分歧和争辩。在"五四"，这种争辩几乎从未间断，其中，1919 和 1923年前后爆发的两次雅俗之争尤为激烈。今天看来，论争双方其实都存在一定的理论偏失，即忽视了双方的潜在统一性，并往往从自己一方的标准出发指责对方。高雅小说界以文化艺术生产者和探索者的立场和标准批评通俗小说，而通俗小说界则以文化艺术的大众使用与消费立场进行反批评和辩护,双方都忽视了对方的独特艺术规律及发展的客观存在依据。这正如以现实主义立场和标准批评浪漫主义文学一样,犯有"跨元批评"(严家炎先生在其著作《中国现代小说流派史》中提出此观点,笔者以为很深刻,特引用)的缺陷。这种理论偏失在之后的小说史发展中得到了验证。由于"五四"高雅小说代表着现代小说发展的主流方向,后人在对待和处理雅俗问题时常以此为准绳,站在高雅文学立场和标准对通俗小说大加挞伐,并由学术批评上升到政治批判,致使通俗小说后来在文学史上消失,其结果,高雅小说的探索也受阻碍。如五六十年代大陆许多严肃小说普遍呈现出通俗化品格,这除了受特定社会政治文化影响之外,从小说史角度看,也与"五四"以来建立的小说雅俗关系结构的解体相关。当时通俗小说因受批判而消失,这迫使高雅小说进而必须承担适应大众欣赏需求的文化使用与消费功能,其思想艺术的探索更多地让位于为完成小说教育认识功能而对大众小说欣赏能力和习惯所进行的努力迁就和适应。这么说,并非意味着贬斥"五四"小说的这场雅俗之争。历史地看,上述雅俗之争的文学史影响更与后人对这场争论的绝对化理解有关——即常将双方的对峙性视作"五四"雅俗小说关系的全部,并往往站在高雅小说立场谈论问题。事实上,这场争论是历史的必然。现代高雅小说在开始发展的时候,为了冲破通俗化小说的重重包围争取更多读者,以维护自身的文化地位和发展,必然会对通俗小说进行批评。不过,这种批评所表现出的峻急态度应当作为一种历史的权宜之计理解,在高雅小说取得其应有地位之后,若还是拘泥仿效其方式方法和态度,无视其特定历史语境,其谬误是显然的。但是,如果我们在经历了历史的教训和惩罚之后,仍无视雅俗小说的统一性关系,而偏激地站在通俗小说的立场和标准批评指责这场雅俗之争及高雅小说的发展,并一味贬低与轻视雅小说的文化地位和意义,这也容易导致整个小说界的媚俗化趋向,从长远看,这对雅俗小说双方的发展也同样不利。

强调现代雅俗小说统一性关系的文学史意义固然重要,但其层次性、对峙性关系也不可忽视。它使现代雅俗小说进一步发生分化与分流,文化艺术功能进一步分工,有利于两者沿着各自的本性和目标展开探索,并以移步换形的螺旋式进程互为推动双方艺术的发展。从通俗小说角度看,在现代蓬勃发展的现代高雅文化与高雅小说潜在压力的影响下,现代通俗小说再也无法恪守一些陈旧的世俗文化及其相应的小说艺术形式,不得不调整文化目光,进行艺术革新,以进一步适应变化着的现代大众的欣赏需要。这种变革的要求使"五四"以后,特别是进入 30 年代以来的现代通俗小说有了新的发展。其主要标志为北方通俗小说的崛起,代表性作家作品有张恨水的《啼笑姻缘》、刘云若的《红杏出墙记》、陈慎言的《恨海难填》、还珠楼主的《蜀山剑侠传》、白羽的《十二金钱镖》、郑证因的《鹰爪王》、王度庐的《宝剑金钗》等。北方通俗小说在"五四"以后替代曾一度十分活跃的南方通俗小说的发展不是没有原因的。如果说"五四"时南方通俗小说家较多滞留着清末民初小说的遗风,思想艺术观念显得较为陈旧;那么北方通俗小说家因大多直接兴起于"五四"之后,受更多"五四"现代文化的熏染,思想艺术观念更富现代色彩,更适应现代通俗小说发展的历史需要。事实上,现代通俗小说发展的这种趋向,经过 1919 年和 1923 年前后几次较大的雅俗之争以后,在"五四"中后期即已初露端倪。当时,通俗小说已经"不再老是某生某女,而居然写家庭冲突,甚至写劳动人民的悲惨生活了"[11]。这种"赶潮流"现象,除了小说上述主题与题材发生变化之外,小说的其他方面也有所发展。如在文化价值取向方面,当时通俗小说开始染有或浓或淡的现代文化气息,逐渐摈弃了因果报应、忠孝节义等传统观念,一些小说如张恨水的《春明外史》、严独鹤的《月夜箫声》等还提倡社交公开、自由恋爱,并抨击家庭社会的黑暗专制等民主思想。在审美观念与表现手法方面,"五四"中后期涌现的大量社会小说,常能从市井风习或轶事趣闻的角度披露社会情状与揭发时弊,具有一定的社会实录与写实成分。这种社会写实的因素普遍渗透于其他小说类型之中,如上文所说的张恨水的《春明外史》,将言情与社会写实熔于一炉;严独鹤的《月夜箫声》将主人公的悲惨命运融于动荡社会的叙述之中。"五四"后社会言情小说、社会武侠小说类型的萌生和发展正是这一小说史走向的结果。与此同时,当现代通俗小说家逐渐以社会批判性眼光展开小说的情节故事时,沉闷的社会现实不得不使他们的描写减少几分粉饰的喜剧色彩,时不时抹上缕缕悲剧的印痕。这似与当时高雅小说的苍凉与悲壮有几分相似,所不同者,当时通俗小说的悲剧氛围常被大量的娱乐成分而冲淡或稀释,减少了震撼心灵与净化情感的艺术力度。在小说文体形式方面,章回体小说形式进一步得以改良,借鉴了一些中西高雅文学的艺术形式,如情绪的诗化处理、叙事的曲折多变与可信等。在这方面,张恨水小说最具典型。他在"五四"后期开始创作的两部作品《春明外史》与《金粉世家》中,综合言情小说、社会小说或家庭小说的文体因素,将新闻化的社会写实及自我人生的哲理感悟与抒情融于言情或家庭故事之中,突出了故事背后的弦外之音与艺术韵味。作品的复线结构、心理化描写与环境氛围的抒情性烘托等都显示了对章回体小说艺术的改进。这种顺从通俗小说历史发展的努力使他在 30 年代很快成为现代通俗小说的代表。从高雅小说角度看,通俗小说的新发展使原来高雅小说的某些探索成果因被借鉴和程式化而不再新鲜,驱逼着它对原有艺术形式进行超越,沿着艺术的自律性与陌生化之路进一步探索,无疑,这将以继续脱离大众读者为代价,只能为专业文人所欣赏。"五四"后产生的新感觉派、京派及七月派等小说糅合了更多现代主义文学成分,并从不同侧面深化与发展了"五四"现代小说的高雅风貌,其实验化、沙龙化和先锋化艺术倾向异常鲜明。综上所述可见,现代雅俗小说双水分流的层次性、对峙性与统一性关系结构使小说适应了现代文化结构发展的需要,同时也有利于小说艺术整体水平的提高。这说明,那种一味指责现代高雅小说脱离大众或批判通俗小说缺乏文化艺术的探索与生产功能的意见,其实反映了人们往往站在雅俗小说某一方面和立场讨论问题的思维惯性,忽略了对现代雅俗小说的整体观照和全盘考虑。

　　现代雅俗小说新型的关系结构也丰富了小说文体在现代社会的生命力,并使之成为 20 世纪中国文学与文化类型的重镇之一。中国古代俗文化与文学的内容往往要接受雅文化的约束和监督,一旦它承载了雅文化所不允许的思想观念,那么就会受到查禁,这在中国俗文学史上是屡见不鲜的事实。因此,每一文化类型与文学文体几乎就是一种"身份"，与社会结构中从帝王将相到寻常百姓的身份等级制区别相似，这种文类与文体的"身份"即标明了它的雅俗尊卑、规范与被规范的文化角色。自"五四"以来小说文体雅俗分流现象的形成是一个转折，它标志着不但取消雅俗之分所暗含的阶级对立的内容及雅对俗的控制和规范权力，而且还打破了其尊卑贵贱的文体等级制观念。文化类型与文学文体的"身份"也已不再具有先念的雅俗规定性，只有文本的个别价值与功能形式特征才是判定其文化艺术水准及雅俗不同分野的标尺。每一文类与文体充分享有自由表达各种思想文化观念的权利。如小说，不但可以消闲娱乐，而且也可以"表现自我"、"反映人生"及进行文化启蒙。这相对于传统观念中处于俗文学地位的"小说"来讲，无疑是一次文体大解放及文化角色的翻身。

应当说明，现代小说的雅俗之分只是一种粗略的层次结构显示。无论是高雅小说还是通俗小说，期间还存在不同的层次性。如高雅小说中的《狂人日记》、《阿Q正传》及《残春》、《沉沦》等作品接受了西方"先锋派"文学象征主义、心理分析及表现主义等观念手法的影响，显然比新潮社等大学生作家纯粹描写青年恋爱的小说更为高雅。通俗小说中，社会小说与言情小说因描写现代市民的社会现实与婚恋生活，吸收了更多现代文化的因素及相应的艺术形式，比起以写古人为主的武侠小说与历史演义小说，也显得更富有高雅化色彩。现代小说发展的这种多层次结构顺应了现代社会不同层次人们的审美需求和期待。在现代中国，文化教育水平的参差不齐及地域分布、人文风俗习惯的判然有别，决定了这种小说层次性发展的必要性。不过,像一些黄色小报上的庸俗小说,赤裸裸地描写肉欲生活,煽动人的感官刺激,缺乏基本艺术良知的创作现象在现代也不是绝无仅有。这类小说的存在,损坏了现代通俗小说的形象,也是现代通俗小说长期受贬的原因之一。因此,区别通俗与庸俗的界线,使通俗小说健康发展,就成为 20 世纪中国小说史的一个颇为复杂而又重要的问题。关于这一点,"五四"高雅文学界对某些不堪入目的黑幕小说与庸俗小说的犀利批判至今仍有教益。遗憾的是,在这过程中,某些优秀通俗小说又一并受到严厉批评,则未免又有些冤枉。

第四节

现代雅俗小说关系结构形成与
消解的动力机制

需要指出,"五四"后中国小说的雅俗结构发生了变化。特别是,高雅小说的发展出现分化。除了部分作家仍在高雅的象牙之塔中进行小说艺术的实验与探索之外,另外许多作家则心系十字街头,利用小说创作宣传鼓舞民众的社会变革实践,艺术上走"大众化"、"民族形式"之路,40 年代小说家赵树理正是这一趋向的代表。还有部分作家则汇入都市商业社会的滚滚红尘之中,其小说作品沿着世俗化、商品化方向发展,其中以张资平等为代表的部分海派小说最为突出。人们在追溯上述高雅小说两种发展趋向的历史渊源时,通常认为这是"五四"雅俗小说互为作用的直接结果,并以此推断,前者是对"五四"高雅小说积极的文化生产功能与通俗小说广泛的传播形式相结合而产生的"雅俗共赏"之路;后者是高雅小说向通俗小说的直接认同和蜕变。其实,这只看到问题的表面。现代雅俗小说各有各的艺术本性和不同的发展逻辑,两者不可能直接"合流"成为雅俗合一的"中间型"小说。"五四"后高雅小说的这两种小说史趋向,其实不应当仅仅从"五四"雅俗小说的相互作用中去寻找。从上文与下文的分析中可以看到,它只能说明,外部社会文化形态的介入与影响根本上规范着小说雅俗结构的发展与变迁。也就是说,社会文化结构的嬗变是"五四"雅俗小说关系结构形成与变化的动力机制。

由于中国传统小说长期以来居于俗文化地位,就小说而言,基本上不同时存在严格意义的雅俗小说。因此,"五四"小说雅俗并存格局及其关系结构的建立,是中国小说由传统向现代转变的内容和标志之一。也就是说,中国小说由传统向现代的转变,不仅仅是指高雅小说的转变,还应当包括通俗小说及雅俗小说并存格局与关系结构的转变。为了进一步说明雅俗小说关系结构形成与消解的动力机制,本书在此对中国小说雅化征程再作长时段的简略考察。与文言小说由雅入俗的整体发展趋向不同,中国白话小说按照由俗到雅的总体趋向不断发展,思想艺术水平渐次提升。其中,有三次显著的雅化运动最值得注意,一次是明末清初时期,另两次就是晚清与"五四"时期。它们不但提高了中国白话小说的文学与文化地位,使之走向繁荣和成熟;而且也为中国小说由传统向现代的转变作出了各自不同的贡献。

明末清初白话小说的雅化发展也是社会文化发生转变的结果。

明代中后期以来,商品经济的崛起和发展刺激着世俗人性意识的觉醒和滋长,并萌发出近代世俗人文观念;市民阶层进一步扩大,其世俗文化的消费需求也日益强烈。因此,白话小说等俗文化得以迅猛发展。部分文人出于普及儒家伦理规范以教化庶民的需要,开始关注并重评白话小说。另一部分因科场失意晋升无门等原因主动或被动退出士大夫阶层的潦倒文人,更对传统文化观念具有某种叛逆性。他们顺应文化的发展趋向,抬高白话小说的文化地位,有时还将这作为表现自我的一种文学形式而参与白话小说的编写与创作。于是,本属于传统俗文化的白话小说因文人的参与而开始渗入传统雅文化与文学因素,以及萌芽状态的近代世俗人文观念与部分潦倒文人的叛逆精神,艺术形式也开始走向文人化与高雅化。明末清初白话小说的雅化发展使少数优秀作品已渐离"消闲"的传统小说观而向现代小说观念靠拢。但是,由于此时近代人文观念过于稀薄,封建传统文化力量又相当强大,致使由雅到俗、由尊贵到卑贱的传统文化等级结构从整体上未能有较大改变,白话小说的文化地位依然较为低下。(当时一些白话小说名著也并未公开署名即是明证)况且,这次小说的雅化运动又局限于少数优秀作品,这些作品虽多为叛逆型文人所作,其间融入了有别于传统文化观念的新思想新体验,但毕竟尚较薄弱;另外,某些作品虽具有某种程度的自我表现的审美精神,但它未被上升到自觉的哲学美学高度,且总体上还与传统文化审美观念存在千丝万缕的联系。所以,此时小说的文化独立地位与独立价值难以真正确立,小说审美观念因无法突破强大的传统文化审美结构的束缚而难以获得现代性。因此,明末清初白话小说的雅化发展虽是中国小说由传统向现代转变的前奏,并为之奠定了良好的基础——既丰富了白话小说的文化内涵与艺术表现力,又使白话小说成为中国小说的主流,但因囿于中国本土文化结构的内部变动,最终根本无法挤破传统的驱壳,所以离小说的现代化尚距离遥远。

与明末清初小说的雅化发展相比,晚清小说的雅化运动波及面更广,几乎影响整个小说界,且并非局限于中国本土文化内部结构的调整,它还接受了西方文化的渗透和影响。晚清以新式知识分子为主要承载者的西方外来文化形态比明末清初时萌芽状态的近代人文观念对传统文化结构的冲击和改变无疑更为有力,社会影响也更为广泛,所以,小说文化与文学地位的上升趋势也更为明显。也正是这时候,中国小说才开始接受西方文化及其相应的小说观念和小说艺术。这意味着中国小说开始较为自觉地向现代化方向迈进。但是,相对于封建传统文化,当时这种外来文化尚处于弱势地位,且大多数知识分子主要是从政治角度对此加以介绍和吸收的,其认识水平多停留于政治功利性层次,且仍以传统雅文化与文学对小说的渗透为主。就整体而言,中国传统文化的等级结构并未发生质的变化,小说依然没有独立的文化地位和审美价值,仍须"载道",只不过此时的"道"又加进了一些西洋味而已。一旦政治目的消失,小说的地位仍会向原点逼近——一种仅供"消闲"之用的边缘性俗文化。

这么说,并非意味着晚清小说雅化发展对实现中国小说现代化的贡献仅只是接受了西方文化与文学的影响。事实上,有选择地吸收传统与接受新知是中国小说走向现代化的两个不可分割的重要方面。由俗入雅发展的晚清小说大量渗入经史诗词等传统文化与文学因素,改变了传统白话小说一味描写消遣性世俗文化的风貌,客观上提高了小说的文化地位、文化权力和意义,拓展了小说艺术的表现空间,同样为小说的现代化做出了贡献。只是受当时政治实用主义态度及"中体西用"文化观等文化历史条件的制约,晚清小说的接受外来文化与文学方面缺乏正确全面的态度眼光和方法,以致未能从根本上突破传统的束缚。所以,中国小说由传统走向现代的历史转变只有到五四时期才能最终实现。

五四新文化运动建立起民主科学等现代文化观念,使中国小说至此才彻底摆脱处于传统文化结构边缘的低下地位,获得了新文化结构中的独立地位和价值。在这个过程中,小说吸收有关中西文化与文学的养分而沿着高雅化方向快速发展,完成了对传统小说观念及思想艺术的全面改造。这也是"五四"小说的雅化发展之所以超越晚清小说的雅化运动而能实现由传统向现代转变的原因之一。

综前所述,小说的雅俗化发展决非纯粹是高雅化小说与通俗化小说之间相互作用的结果,而是整个文化发展变革的结果。它不仅表现为高雅化小说对通俗化小说的渗透和影响,还表现为其他高雅化文化与文学对通俗化小说的渗透和影响。即如明末清初白话小说的雅化发展,不只表现为白话小说对文言小说的借鉴和吸收,(事实上当时的文言小说已逐渐向俗化方向发展和蜕变)也不只表现为白话小说对以诗歌为中心的整个雅文学的借鉴和吸收,除此之外,还接受了包括儒家思想在内的其他雅文化、萌芽状态的近代世俗人文观念等。所以,当时一些优秀作品的思想日益深刻,艺术也日趋精致化。同样,晚清与"五四"小说的两次雅化发展也并不是纯粹小说或文学范围内的变革,不只表现为中国古典小说与西洋小说或者中国古典文学与西洋文学对当时小说的影响和渗透,还表现为除文学之外的有关其他中西文化对当时小说的影响和渗透——这一点有时显得更为突出。因为在由雅到俗、由尊贵到卑贱、由中心到边缘的传统文化结构中,最中心的雅文化如经史等拥有至尊的地位,对边缘文化的压力往往也最大。所以,处于文化结构边缘的俗文化如白话小说在雅化发展过程中往往最先接受处于文化结构最中心的雅文化的渗透和影响,吸收其思想艺术形式的某些成分。区分这一点似有失笼统之嫌,但却能避免就文学论文学的形式主义美学分析方法将中国小说由传统走向现代的转变过程局限于文学范围内讨论的某些偏颇。如国外学者米列娜就曾认为:"晚清时期对于小说现代化的重要意义不应在西化过程中去寻觅。相反,应将这个时期视为文言与白话小说长期而复杂的相互影响所达到的极盛时期"[12]。其理论倾向显然是将中国小说的现代化过程更多地视作中国文言小说这种相对高雅化小说与白话小说这种相对通俗化小说之间相互作用的直接产物。而事实上,晚清小说的雅化发展,主要是中国传统雅文化与文学与西洋近现代文化与文学对当时白话小说渗透的结果。传统雅文化审美传统把文学作为"载道"的工具,而西方近现代文化审美观念则崇尚小说。两者经过巧妙的组接贯通,使小说成为既是"载道"的工具又是"最上乘的文学"。这就是晚清"小说界革命"的理论核心。从当时小说创作思想方面看,晚清小说也有别于传统白话小说浓郁的世俗文化生活风貌,增添了更多传统文化与西洋文化成分,既有新旧杂糅的政治议论,又有关于社会历史问题的描写分析和批判,所以当时小说类型又以政治谴责小说为主。从小说艺术方面看,晚清小说更多地吸纳了传统雅文化核心——经书史籍的表现方法,即文章化与史传化,当然还渗入一些西方化的个人色彩及传统诗词等的抒情性。正是这些改变了传统小说的某些艺术形式,削弱淡化了传统小说的情节功能,部分地突破了传统小说全知型叙事方法。所有这些变革显然并非完全是文言小说对白话小说影响的结果。检查上述理论倾向的渊源,追溯起来又与普实克早年某些观点的影响有关[13]。普实克曾注意到明末以来中国雅俗文学之间的互为移动现象:"从前在诗歌和散文之间,在道德说教的、上层的'伟大传统'同较为无拘束的、怪诞的通俗传统之间存在的障碍正在被打破"[14]。这在当时无疑是个十分敏锐的发现,但他据此认为晚清小说的"突出特征"是"浓厚的主观性、内向性和个人主义色彩"[15]却有偏失。事实上,除个别优秀作品之外,这种特征在整个晚清小说界并不突出;只有在"五四"现代小说中这种特征才成为引人注目的文学事实。诚然,晚清小说确实存在某些主观性与抒情等因素,但这并不是主要的。正如前面所述,晚清小说的雅化发展不只接受了传统雅文学(主要是诗歌等文人文学)的渗透,还接受了其他雅文化的渗透,而且后者显得更为突出,传统经史等雅文化的表现手法对晚清小说的影响无疑最为显著,所以,晚清小说艺术的"文章化"与"史传化"倾向比以主观性、抒情性等为主要特征的"诗骚化"倾向更为突出。导致普实克这个观点偏失的主要原因与他仅局限于文学范围内考察中国白话小说的雅化发展有关;而从其内在思路来看,却又与他接受施克洛夫斯基等俄国形式主义文学理论的影响相关[16]。由于将中国白话小说的雅化发展看作主要是中国文学中雅俗文学间相互作用的结果,因而普实克对明末清初、晚清与"五四"时期三次小说雅化的质的区别未予仔细辨析,把《红楼梦》、《官场现形记》与《呐喊》、《彷徨》等三个不同小说发展时期的白话小说的主观性因素看作主要是对传统文人文学的同样继承。循此思路,所以容易产生中国小说实现现代化的动力"主要是中国内部的力量"[17]这种认识,正如他当时所假设的中国社会变革"即使没有任何外力作用也终将达到其目的"[18]一样。虽然普实克这个观点在之后的研究中得到修正补充,但其内在思路——把雅俗文学间的相互作用作为中国文学变革的一种重要动力及强调现代小说与传统文人文学比民间说书人文学更为密切的关系等,由于具有某种精彩的创见性而影响广泛,致使人们相对忽视了这个思路的内在缺陷:即忽略了中国文学雅俗化发展过程中多种文化背景和除文学之外的其他文化类型的重要作用和影响。这就容易导致目前人们往往从文学内部结构变化的角度分析这场转变过程的思维模式。而事实上,这场转变过程是中国文化结构与文学结构双重调整的产物,前者的作用和影响也一样不可忽视。即如"五四"现代高雅小说,确实存在"主观性、内向性及个人主义色彩"等"突出特征",但这与其说主要是接受传统文人文学营养的结果,不如说主要是受"五四"个性主义等时代文化精神熏陶的结果。所以,当我们把小说的雅俗化发展看作不仅仅是雅俗文学间相互作用的结果,而是整个文化结构调整变革的产物时,那么,从晚清到"五四"中国小说由传统向现代的转变过程就应视为在西方文化与文学的促成下,中国文化与文学结构双重调整并使小说发生变化的过程。具体而言,一方面,中国文化受西方文化的影响,由雅到俗、由尊贵到卑贱、由中心到边缘的文化等级结构发生较快的变化,同时,小说由文化结构的边缘逐步走向文化独立,在此过程中吸收有关中西文化的养分诸如哲学、美学、史学、心理学、宗教、科学等而产生变化。另一方面,中国小说受西方文学的影响而发生变化,同时,小说在中国文学结构中由边缘走向独立,在此过程中吸收有关中国文学(主要是文人文学)养分而发生变化。这两方面几乎同时进行,共同促成了中国小说由传统向现代的转变。

同样,"五四"后小说雅俗格局与关系结构的变化也与当时社会文化结构的变迁发展相关,而不仅仅是雅俗小说互为影响的结果。"五四"后,蓬勃发展的新文化运动渐趋低潮,整个社会文化开始由纯粹的文化探索与启蒙走向民众社会改造的实际运作阶段。这一社会文化的再度变迁迫使"五四"小说再次发生雅俗化的发展。如前所述,"五四"高雅小说事实上反映了现代新式知识分子的精英文化意识。这批知识分子在中断传统的入仕之途以后,被抛离了社会政治权力的中心,且始终与国家政治意识形态保持一定间距,同时又与大众社会相分离。因此,他们事实上是一群具有文化先锋性质的新的社会"边缘人"。当"五四"后社会政治变革与民众运动逐渐兴起之后,这种处于政治意识形态与市民大众文化夹缝中生存的精英文化,其难以一如既往地持续存在和必然分化也就理所当然的了。反映在高雅小说领域,除了部分小说家仍滞留于艺术的象牙之塔外,大部分小说家已纷纷离开这种寂寞的高雅化小说艺术探索,并日益走向分化:或投身于社会实际变革运动之中,或转而顺应社会政治变革对文学的需求和期待,力图将拟想读者面向参与社会变革的平民大众,这种创作趋向随着"文学大众化"口号的提出迅速化为现实,经过 40 年代文艺"民族形式"等理论的推波助澜,终于形成一股"利俗"的小说发展巨潮。还有部分文人在离开艺术的象牙之塔后,远离社会政治变革运动,却日渐与都市大众文化相接近,并染上或浓或淡的商业气息,这就是部分"媚俗"的海派小说。不过,这些小说在 40 年代末至70 年代末终因缺少适宜的生存"市场"和氛围而走向消失。

　　伴随着"五四"后"利俗"型小说发展进程的迅速推进,纯粹形态的雅俗小说在整个小说格局中的地位日趋下降。直至 40 年代后期,这两类小说因其思想艺术倾向与现实社会变革主潮对文学的要求较为偏离或相抵触终于受到检查批评并渐趋消失。至此,"五四"时形成的小说雅俗并存格局及其关系结构基本上走向消解,直到 20 世纪80 年代以来的"新时期"才又重现。有意思的是,在"新时期",不仅高雅小说呈现出与"五四"时相似的文化启蒙与先锋性,而且通俗小说也与"五四"时一脉相承。以金庸、古龙、琼瑶等为代表的港台通俗小说在继承并发扬光大了"五四"以来的现代通俗小说之后,至八九十年代仍如以前的张恨水等人一样,风靡大陆文坛。历史在两次世纪之交文化转型中显示出了惊人的相似性与连续性。这或许证明了这样一个文学史事实:"五四"雅俗小说事实上已经成为现代中国小说发展中并行不悖的"大传统"与"小传统"[19]。

注释:

　　(1)关于文学的雅俗概念,学术界说法不一,本文认为,这是一对互为依存的相对性概念,只有在读者、作者及文本文化品位不同层次的比较中才能较科学地加以界说。参见《引言》部分。

(2)杨义:《中国现代小说史》第3卷第10章第一节,人民文学出版社1991年5月版。

(3)由于现代通俗文化常与现代大众传媒紧密相连,所以西方学界有时也把大众文化与现代通俗文化"视为同义语"。参见陈世敏:《大众传播与社会变迁》第3章,台北三民书局1986年9月版。

(4)孔豪瑟:《国际社会科学百科全书·大众社会》第58页,1968年版。

(5)应当指出,这些杂志有时还受书局出版部门的间接操纵(如《小说月报》)。但比较而言,其内容的编排则很少受书局等直接干涉。

(6)见包天笑:《编辑小说杂志》。

(7)沈雁冰:《封建的小市民文艺》,《东方杂志》第30卷第3号。

(8)守常:《什么是新文学》。

(9)周作人:《自己的园地》,北京晨报社1923年9月。

(10)范烟桥:《民国旧派小说史略》,魏绍昌编:《鸳鸯蝴蝶派研究资料》,上海文艺出版社1962年10月版。

(11)茅盾:《复杂而紧张的生活、学习与斗争》(上),《新文学史料》1979年第4辑。

(12)参见米列娜:《〈从传统到现代——19至20世纪转折时期的中国小说〉导言》,米列娜编,伍晓明译,北京大学出版社1991年10月版。

(13)米列娜及近年来国内许多学者都受过普实克的影响。

(14)李欧梵:《〈普实克中国现代文学论文集〉前言》,《普实克中国现代文学论文集》,李燕乔等译,湖南文艺出版社1987年8月版。

(15)、(17)、(18)普实克:《中国现代文学中的主观主义和个人主义》,载《普实克中国现代文学论文集》。

（16）普实克非常推崇施克洛夫斯基,深受其理论影响,并在许多论文中引用施氏的理论观点。施氏关于文学形式发展"不是由父及子,而是由叔及侄"（参见《西方现代文学理论概述与比较》中译本第一章,湖南文艺出版社）的观点——大意为文学形式发展常常借鉴吸收其它文学形式的营养,主要侧重于文学形式层面的探讨,基本上又是从单一文化条件下讨论的,相对忽视文本外的社会文化因素。

（19）人类学家雷德斐以"大传统"和"小传统"之说概括属于上层知识阶级与中下文化层次一般民众的两种文化不同的性质。（参见余英时:《士与中国文化·四、汉代循吏与文化传播》,上海人民出版社 1987 年 12 月版。本书借鉴之,以示现代雅俗小说的不同文化内涵与发展逻辑。

○ 第三章

现代高雅小说对通俗小说艺术
的潜在影响

　　自"五四"时形成的现代雅俗小说的关系结构,又是现代小说艺术发展的动力之一。这一动力究竟对雅俗小说艺术发展起多大的作用与影响,是一个颇值探讨的小说史研究课题。它大致表现为现代通俗小说艺术受高雅小说的潜在影响及现代高雅小说艺术受通俗小说的潜在影响两方面。本章先对前者加以考察,试图在历史研究的基础上,总结出较具一般性的规律。

　　"五四"时形成的现代雅俗小说关系结构的形成与发展归根结蒂是整个社会文化结构变迁的结果。处于该结构中的通俗小说艺术自然从根本上也受这个大社会文化背景的规约。但是,小说史自身又有其形式发展的相对独立性及自足性意义。在现代雅俗小说结构中,通俗小说的艺术发展又不能不以对方的存在为背景和条件。虽然,在以后的分析中我们将会看到,这断非通俗小说艺术直接借鉴模仿高雅小说艺术形式那么简单,但它的发展始终无法摆脱对方那无形的驱逼和压力却是事实。我们无法指证像鲁迅的《狂人日记》这样一篇高雅小说对"五四"另一部通俗小说的艺术形式发生直接影响,但分明感到整个高雅小说界的发展又促成通俗小说艺术的变迁。问题的复杂性使我们不得不从小说史的历时性具体分析出发展开讨论。必须说明的是,现代雅俗小说的关系结构,除上文所说的一般性特征外,它与雅俗小说并存格局相应,在"五四"及"五四后"两个时期有较明显区别,其中,每个时期也呈现出略有不同形式的阶段性,处于其中每一阶段的高雅小说的发展,对于通俗小说艺术形式的变迁分别具有不同程度的潜在作用与影响。

第一节

"五四"初期阶段读者与文化市场
双重中介的重要影响

在"五四"雅俗小说结构的第一阶段(即 1917—1920 年),"五四"通俗小说艺术受高雅小说的冲击和驱逼,主要表现为,高雅文学界对它所进行的声色俱厉的批评及鲁迅、冰心等高雅小说的迅速崛起使它进一步面临转型期文学的严峻挑战和考验。表面上此时雅俗作家双方各自为阵,互不往来,更不交流,似乎通俗小说艺术并不受高雅小说的影响,但实际上,此时通俗小说却受到另一种间接性的威胁,那就是,来自读者层方面的压力。现代高雅小说与文学的崛起吸引了部分较有时代感的知识分子,从而使这些人对通俗小说开始淡漠与厌弃。像曾"亦此中之一人"[1]的刘半农,此时也对它进行反戈一击即是一例。这说明,此时通俗小说已失去较高层次文化人的关怀,自然更无法吸引他们来参与创作与欣赏了。在失去这部分人之后,通俗小说界不得不将创作视线移向"大众"阶层。这种转移在小说杂志方面明显反映出来。首先,部分原来主要适合"出于旧学界而输入新学说者"[2]或把小说作为自遣其愁自抒其怀文人阅读的小说杂志如《小说月报》、《小说时报》、《小说丛报》、《小说海》等,此时纷纷被革新或停刊[3]。其原因是,这些杂志尚存的古旧色彩的内容无法吸引更多的现代"大众"读者,因而被当时的文化市场所淘汰。像《小说月报》,这时期所载的许多作品仍然承续了清末民初时的某些陈腐思想,如华士的《人道主义》一文[4],乍看似乎是个颇为新颖的题目,内容却是津津乐道一个关于名分观念与一妇事二夫的反人道故事。该杂志的小说文体艺术也仍不乏古雅气息,甚至在"小说"概念上也还沿用古说:"无论其事属里巷与闺阁、廊庙或宫闱,要之,非正面发挥政治学术之大者,皆小说也"[5],这种风貌显然已不适合当时"大众"的阅读口味,因而不得不开始走向变革。《小说月报》八卷二号的征稿栏云:需要"文言白话各种短篇小说",到九卷一号则添加了"白话尤佳"的注脚;再到九卷四号的《小说俱乐部简章》中更明确提出"增进阅者诸君之趣味"的"宗旨"。尽管如此一步步面向"大众"读者,但毕竟一时难改旧有品格,最后,因读者太少、杂志"蚀本"[6]而干脆被商务印书馆进行全部革新,走向另一条路。其次,与这批杂志被停刊和革新的同时,另一批更适合"大众"阅读的小说杂志却应运而生。其中,以包天笑于1917年1月创办的《小说画报》最为典型。该杂志在创刊号《例言》上提出:"小说以白话为正宗,本杂志全用白话体,取其雅俗共赏,凡闺秀学生商界工人无不咸宜"的宗旨。这无疑是将现代通俗小说创作转向"大众"的一次有意的尝试,诚如包天笑自己所说,"因上海那时所出的小说杂志,文白兼收,有的堆砌了许多词藻,令人望之生厌,所谓鸳鸯蝴蝶派的小说,就在这个时候出现,现在的《小说画报》全用白话,一如画家的专用白描,不事渲染,可以一矫此弊"[7]。他所说的"鸳鸯蝴蝶派",是指清末民初以徐枕亚的《玉梨魂》为代表的言情之作。包天笑这里所自觉提倡的小说杂志的通俗、浅显与可读,事实上代表了"五四"通俗小说发展的"大众"化主潮。自然,前面的论述也说明,通俗小说界创作视线的这种"大众"化转型,除受高雅小说驱逼外,最终仍离不开那个强大的商品化文化市场的制约。无论是《小说月报》的革新或是《小说画报》的创刊,其背后都接受出版企业或出版商的操纵。像《小说画报》的创刊,如果没有书局老板的"大为赞成"[8]自然不可能付诸实施。因此,雅俗结构中的"五四"通俗小说发展始终接受高雅小说与文化市场的双重压力,只不过前者以文学形式的驱逼作用表现出来,后者以商业性的控制规范表现出来。其中,读者是中介,文学形式的驱逼通过读者的作用转化为商业形式的控制,从而完成对通俗小说发展的影响。对于"五四"通俗小说第一阶段的艺术变迁来说,高雅小说所产生的潜在影响也正是这种文学形式的驱逼作用,它促成了"五四"

通俗小说艺术走向以现代"大众"的接受为中心,向"大众"欣赏能力与阅读习惯靠拢与接近的发展之路。这里所谓的"大众",如前几章中所说,是指现代城市工商业社会中的特殊群体,以城市市民为主要构成成分,因他们虽受现代城市文明与环境现代化的熏染,但仍保留较多的传统道德文化习俗,所以反映在小说艺术欣赏习惯上,他们显然仍更熟悉更易于理解改良的传统白话小说的文体艺术样式。惟其如此,我们就不难理解这个似乎是悖论的文学史事实,那就是现代通俗小说一开始恰恰就以较通俗的传统风格为其基本特征。即如这一阶段的通俗小说,虽仍然不乏社会小说、言情小说、历史小说,但是它摈弃了清末民初社会小说、历史小说中的种种新名词、新术语及言情小说中的骈体文、诗词等成分,取而代之的是通俗浅显的白话文的更为普遍的使用。在小说文体的叙事方式上,两者虽然都采用章回体等传统小说文体样式,但"五四"通俗小说却较为通俗易解。以代表性作品为例,像《东欧女豪杰》这样的晚清历史小说,过多的关于"泰西"文明与历史的议论已严重消解了传统章回体小说较强的情节性通俗化叙事模式,而到"五四"这一阶段,像蔡东藩《历史通俗演义》中的部分作品,叙事方式显然有回归传统的通俗化色彩;而《二十年目睹之怪现状》这样的社会谴责小说,已经开始以第一人称"我"介入故事的叙述,但像《歇浦潮》这样的"五四"通俗社会小说却仍然运用拟说书人口吻的第三人称传统叙事角度。这一阶段的另一篇社会小说毕倚虹的《十年回首》,讲的是"我自家的事体"[9],却偏偏仍以传统的第三人称叙述角度进行全知型小说叙述;言情小说中,徐枕亚小说已经尝试运用日记体、书信体等文体形式,并开始以第一人称叙述者介入小说叙事的方式讲述一个"余之妻"的故事,而"五四"这一阶段的言情小说像包天笑的《友人之妻》等,则仍然以传统第三人称叙述角度的全知型叙述方式讲述一个个"友人之妻"或别人之妻的故事。显然,由于通俗化的传统小说艺术风格更适合于"大众"的阅读,所以才成为这批以"大众"接受为中心的"五四"通俗小说家们的首要艺术追求。不过,现代城市的"大众"读者毕竟不同于以往说书场中的"听众",他们也并不是一群完全旧式的读者,多少还接受一点"现代化"的文化信息与文学熏陶,自然不会仅仅满足于以传统的方式讲故事。通俗小说家们似乎意识到了这一点,因此,在他们的作品中又开始出现一点新的艺术变化。较为明显的是短篇小说。在理论上,这一阶段通俗小说理论的典范之作——张毅汉的《小说范作》一文[10],明显受胡适关于"短篇小说是用最经济的文学手段,描写事实中最精彩的一段,或一方面,而能使人充分满意的文章"等观点的影响[11]。张毅汉认为,"短篇小说,除'描写人物'一体外,无不各有一篇之主意。……今之所谓主意者,尽作者于人情事理,体验有得,乃举其一端为主意。……故凡写一人,当能令读者如见其面,如见其人。……设境者,亦小说中不可缺之事。……其人物、其情事处处与设境相因相附,相成相生。"他强调了小说人物描写的生动性、主题的多样化及环境场面、氛围背景的设置须与人物描写、故事叙述一致。所有这些显然反映出通俗小说界要求改变短篇小说创作中主题单一、人物刻画呆板及情节设置、环境描写模式化的理论倾向,更能适应现代"大众"的阅读需求。从创作实践上看,这时有的通俗短篇小说艺术的确具有一些新的艺术追求,部分吸取了高雅小说的某些结构与描写方法。像烟桥的《谁的罪》一文[12],选取酒店喝酒这一场景,通过酒客们生动的对话,十分出色地折射出当时社会人们面临生存威胁的惨况。语言简洁明了、结构明晰紧凑,主题明朗且有余味,的确既通俗又"使人充分满意",没有模式化与说教味。相对而言,这一阶段通俗长篇小说的新变之处不甚明显,除了靠加强题材趣味性、秘闻性以吸引更多"大众"读者以外,艺术方面基本上以通俗化的传统风格为主。这大约也与高雅小说界尚无长篇小说问世从而无以为参照对比相关。倒是有的中篇小说显示了某些审美艺术追求的痕迹。像程瞻庐的《茶寮小史》[13],仍然以通俗化的传统章回体小说样式为主,但结构紧凑、场面集中,始终以"茶寮"为舞台,牵引出一个个人物与故事,颇有戏剧化艺术手法。叙述语言也颇具滑稽风味,与清末民初小说的犀利讽刺有别,虽在文本内涵上有失前者之深刻,但却使小说获得了令"大众"读者赏心悦目的趣味化通俗化审美品格。如果我们不以高雅小说的批评标准苛求,那么应该说像《茶寮小史》这样的作品是现代通俗小说起步阶段的奠基之作,它在通俗化的基础上,又提高了小说的审美品位,然而像这样的通俗小说在这一阶段确不多见。总的看来,在"五四"雅俗小说结构的第一阶段,通俗小说艺术发展已分明受到另一方即高雅小说的潜在影响,沿着"大众"化方向前行。在少数作品中,已隐约可见高雅小说观念手法的渗透,但因高雅小说创作尚未繁荣,其突出的审美意识及其相关艺术方法尚不足以刺激更多"大众"读者层阅读习惯的某些变迁,从而无法驱逼整个通俗小说界对审美品格的注意,致使通俗与审美结合较好的上乘之作寥寥无几。

第二节

"五四"中期阶段审美趣味与艺术
形式的明显渗透

"五四"雅俗小说结构的第二阶段(即1921—1924年),高雅小说发展对通俗小说艺术变迁所产生的驱逼作用进一步明朗化。关于这一点,作为过来人的鲁迅、茅盾曾有描述。鲁迅认为:"鸳鸯蝴蝶式文学""直待《新青年》盛行起来,这才受了打击。这时有伊孛生的剧本的绍介和胡适之先生的《终身大事》的别一形式的出现,虽然并不是故意的,然而鸳鸯蝴蝶派作为命根的那婚姻问题,却也因此而诺拉(Nora)似的跑掉了。"[14]鲁迅从言情小说类型变迁的角度指出了高雅文学盛行对通俗文学的驱逼作用。与之略有不同的是,茅盾从主题题材潜在影响的角度指出了这一变化,"近来的通俗刊物却模仿新文学,(虽然所得者只是皮毛);新文学注意劳动问题、妇女问题、新旧思想冲突问题,通俗刊物也模仿,成了满纸'问题'"[15]。鲁迅与茅盾都觉察到在高雅文学潜在影响下通俗小说发展的变化,但他们无意于再分析这个变化的详细过程。倒是稍后的沈从文对此作了再探讨:"当年的《礼拜六》派,是大众的趣味所在的制造者。……到后是文言文失败,思想方面有了向新的一面发展的机会,人道的,民众的,这类名词培养在一般人口上,而且那文学概念也在年青人心上滋长,因此《礼拜六》派一种趣味便被影响,攻击,而似乎失败了……新文学发展,自然是把内地一些年青人的《礼拜六》趣味夺去了,但这本不是《礼拜六》派应有的同志,不过当时只有《礼拜六》可看,这些年青人就倾向于《礼拜六》那种方便因缘罢了。"[16]在沈从文看来,通俗文学的被影响主要在于语言变革、雅文学审美趣味的冲击所导致部分读者趣味的变换及分化。如果再联系下文将要谈及的这一阶段读者变化所导致的文化市场变革,从而直接影响通俗小说生产传播消费及艺术变迁的情况,那么我们仍然可以看到,这一阶段高雅小说对通俗小说的驱逼作用还是通过读者与文化市场这双重中介而实现的。与前一阶段稍为不同的是,这一阶段高雅小说创作数量的剧增,使其创作作品审美趣味对读者的潜在影响和转化大大加强,超过了其理论批判所产生的影响力。在前一阶段,鲁迅小说虽使部分青年倾倒,但那是数量有限的。鲁迅小说的高雅品格只能为当时具有很高文化与文学修养的同道所乐于欣赏,连当时丁玲这样的文学青年也不太喜欢读[17]。冰心及部分新潮社作家等的小说虽然略为易解易读,但受众面仍然不大。而这一阶段情况大为不同。"文研会"、"创造社"等社团流派的纷纷涌现,文艺期刊及不同风格作家作品的"蓬勃滋长"[18],大大扩展了高雅小说的影响面,这一方面夺去了"一些年青人的'礼拜六'趣味",使他们从通俗文学这边被吸引过来;另一方面也的确使高雅"文学概念""在年青人心上滋长"。于是这些青年读者很明显地分化为三个层次:一是转向高雅小说,一是仍读通俗小说,但趣味已受雅文学影响,还有就是文化层次更低的仍然保持原来"礼拜六"趣味的一部分。然而,这种分化趋向已足以使部分通俗文学进一步调整文学的艺术发展方向。这一阶段的通俗小说界鉴于读者仍然"以青年为较多"[19]的情形，自觉地提出了小说须有"美感"的理论问题，还认为小说"不是笔记，不是史乘，也不是演说"；"应当把一件事情，或若干件事情，选择里面的一段，或一件有兴味的……把他老老实实写出来，不要参加议论或评判。"并强调提倡写作"倒叙体的小说"，因为它"总比顺叙体的小说出色……"[20]。这说明通俗小说理论界已经理性地意识到当时通俗小说艺术变革所应发展的方向。从叙述学角度看，这其实就是要求通俗小说家告别"篇篇都是'某生，某处人'"式的"札记"体[21]短篇小说叙述模式，进一步借鉴写"横切面"式的高雅小说短篇艺术手法；在长篇小说方面，即要求作家变革"演说"型的传统拟书场叙事模式，特别是抛弃那些经常中断故事插入叙述者评论的教训式干预式话语，在叙事结构上，也要求适当变革连贯顺述这一传统模式，采用倒叙等方法以增强小说魅力。这些理论主张显然比上一阶段更突出小说的"美感"效果问题，而且更自觉地倡导对高雅小说审美艺术手法的适当吸收。与这一趋势相应，我们可以看到这一阶段文化市场的一种新变：除了中华图书馆的《礼拜六》这一有许多中学生参与创作与阅读的杂志的复刊以外，新崛起的大东书局也开始"赶潮流"，推出《半月》与《星期》两种新型杂志，"并出版以恋爱问题或感伤主义为中心题材的紫罗兰丛书。它的巧小玲珑的样儿，颇引起少男少女们的爱好"[22]。正是在这些杂志、丛书上，通俗小说艺术进一步发生变迁，其中最明显的仍是短篇小说。首先，部分作品以写实的风格触及了生活中一些较有意味的问题。像张枕绿的《毁誉》一文[23]，作者写的是一个较为典型的婚恋事件。主人公"伊"有一定的新思想:"因伊早知此身属于伊自己的,不是伊父母的,应该自做主张",因而反对包办婚姻,主张自由恋爱,不顾一般保守的旧道德,大胆地追求自己的幸福,认为"名誉是什么东西,怎比得精神上的安乐"。但是,伊"出走"以后,却碰到了一个实际问题,即"伊"如何对待新的家庭生活? 面对社会生活的事实,伊不能不发出丝丝的感伤情绪:"伊想自己是没有生活能力的,不是依赖父母,便须依赖丈夫,现在伊可算已和父母脱离关系了,如再和伊名分上的丈夫发生问题,此生将如何着落?"小说显然触及了当时婚恋问题的某些本质方面,如认为自己的幸福比为他人而设的"名誉"更重要及妇女解放、恋爱自由与妇女经济生活独立的尚未解决之间的矛盾。作者虽然未像鲁迅的《伤逝》那样对"娜拉走后怎么办"问题作出深层思考,却以写实笔触加强了通俗小说的思考空间。其次,部分通俗小说在保持通俗风貌的同时,有意加强了小说的"美感"和艺术魅力。这与上一阶段不同的是,这时显然已有更多作家开始关注这一点,自觉地运用某些高雅小说叙事技巧。如普遍开始运用倒叙手法,以引起悬念吸引读者。像周瘦鹃的《血》这篇反映劳工问题小说的开头:"升降机的基础已打好了,铺上了水泥。水泥上染着一大抹血,一大抹鲜红的血,是一个十四岁小铁匠的血"[24],作品一开始便将怵目惊心的悲惨结局推向读者,以倒叙手法增强了作品的阅读效果。这一阶段也有许多短篇小说在情节叙述中着意对人物性格、场面背景进行刻划,有的甚至开始注意人物情绪与氛围的营造,做到了通俗与审美的较好融合。像严独鹤较著名的短篇《月夜箫声》[25],故事富有传奇般的趣味曲折性,颇为耐读,但作者并不止于此,而是以主人公听三次箫声的不同感受与情绪变化贯穿故事进程,情景事物交相辉映,做到了诗化叙述的审美效果。此外,随着白话文运动在 1920 年之后的普遍开展及在学校教育中的普遍开始推行[26],这一阶段通俗小说的语言叙述也有较大变革。像《礼拜六》、《小说世界》等杂志中的较多小说开始运用分段分节的新式标点,原来充篇是科白式对话的呆板叙述语言逐渐被清新的场面描写与较灵活的故事叙述进程所代替,小说文体显得较为活泼自如。

应当说明,上述所说通俗短篇小说的艺术新变其实仍然是局部的,就当时整个通俗短篇小说界而言,其中仍然有不少作品停留于"笔记"式艺术样式——唯有散文式的事件铺陈,却缺少真正小说式的艺术虚构。这类作品很多就是出自一些初通文墨的中学生之手,《礼拜六》、《小说世界》还曾设法鼓励他们创作。像这样的读者作者其实是很难欣赏鲁迅式的高雅小说,或者说他们自然地会被高雅小说所遗弃,而不得不被吸引到《礼拜六》、《紫罗兰》式的刊物上。

通俗小说在这一阶段的艺术变迁趋向也反映在长篇小说方面,不过,显得更为复杂。严格地说,这一阶段的高雅文学界,长篇小说数量仍然很少,几无成功者可言,不可能直接影响通俗长篇小说创作。然而,高雅文学中短篇小说的成功及其审美趣味的广泛影响却冲击着整个通俗小说界,长篇小说自然也不例外。只不过这种冲击在通俗长篇小说中明显表现为两个方面,一是更为通俗化,一是强化"美感"效果。通俗小说界受到高雅文学的驱逼,在失去部分青年读者之后,其争夺读者的策略进一步转向扩充更多其他市民读者的方向上。这个工作在文化市场强有力的催促下显得十分成功。精明的出版商在这一阶段及时地迎合了市民读者的心理,刮起了一股更为通俗型的杂志创办热。典型的是世界书局的崛起。它专门网罗通俗小说界的巨匠,团结了李涵秋、严独鹤、包天笑、不肖生、程小青、陆澹安等作家,推出《红杂志》、《侦探世界》、《快活》等著名通俗刊物,掀起一股侦探小说、武侠小说等"小市民文艺"热潮。这些杂志一般以每本1角左右的低廉价格出售,且加大新鲜刺激的连载小说篇目,几乎把凡是能够阅读文字的市民读者都吸引了过来,读者的文化层次比前一阶段无疑更低,但数量却更多了。此外,这时的通俗文化界也扩大了流通的渠道,不仅在商业性大报上纷纷开辟副刊,还创办了《长青》之类的小报,前一阶段屈指可数的几家小报,至这一阶段一跃而为几十种。更有意思的是,有的通俗小说在这类报刊连载的同时,还被改编成连环画、电影、戏剧等,连一些不识字的市民们也开始接触通俗小说的内容。于是,各种各样市民读者不同的阅读趣味与需要使通俗小说创作呈五花八门的多元发展态势,恰类似于高雅小说界令人眼花缭乱的多样化风格流派一样。把通俗长篇小说艺术变迁置于这样的雅俗结构背景下观察,我们可以看到三种不同的变迁态势:

首先,在高雅小说审美思潮的冲击下,部分通俗小说读者趣味开始走向由俗入雅的转变,一些较为严肃的通俗长篇小说家开始尝试适应这一趋向,艺术上发生由俗写雅趋向的变迁。这类作品通常是载于较为严肃的报纸副刊上的社会小说,代表性作品如小凤的《前辈先生》[(27)]。与前一阶段的《茶寮小史》相比,这部作品在艺术上发生了明显的变化。两者虽然同是讽刺教育界的种种弊端,但前者重故事的趣味性,后者重人物性格的塑造;前者不断插入叙述者的干预评论,有意加强作品的滑稽幽默和讽刺特色,设法逗人发笑;后者则一般坚持人物角度的叙述法,即始终以人物为中心,大大减少了前者经常使用的说书式语汇,增强了作品的书面化倾向,其讽刺特色较深地隐藏在叙述的背后;从形式上讲,前者基本上仍采用叙述者"说书的"与叙述接收者"看官"这一传统拟书场小说叙述格局,而后者却基本摈弃了这一样式,没有楔子,没有"话说"、"且听下回分解"之类的套语,甚至每章的对偶体回目也已消失,叙述语言也纯用新式标点的白话体。显然,后者有高雅小说叙述方法的风姿,艺术上更为成熟。但是,像这样的小说在这一阶段的通俗长篇小说中只占少数。这除了与之相应读者群数量还有限的原因外,主要原因是这类作品容易脱离"通俗"的品格。从通俗小说发展角度而言,这意味着丧失其赖以生存的特质,因而势必受到通俗文化市场的限制。

其次,高雅小说注重反映社会现实的广义现实主义风行文坛,也潜移默化地改变部分通俗小说读者的欣赏眼光。一方面,他们已不再满足于不合艺术虚构手法的社会小说题材的梦幻式随意编造,但另一方面却又无法耐心咀嚼高雅小说的深刻文化蕴味,因而促成了纪实型通俗社会小说艺术的进一步发展。李涵秋的《广陵潮》这部创作于清末民初时期历经十年之久笔耕而成的巨著,其讽刺趣味的特色及以理想与现实参半手法融合社会家庭言情因素的叙述模式,成为通俗小说现代化转型过程中的奠基之作。到了"五四"雅俗小说结构的第二阶段,这一艺术手法进一步得到重视和发展。李涵秋的《怪家庭》、毕倚虹的《人间地狱》、朱瘦菊的《新歇浦潮》等仍综合社会与家庭或言情的因素[28]，但却摈弃了"理想"的成分,加强了"纪实"的色彩。这种"纪实"化叙述艺术大抵存在以上述三篇作品为典型的三种倾向:一是《怪家庭》式的家庭故事情节型,通过一个家庭故事的曲折展开反映各式各样的人物面目及奇形怪状的人际关系,从一个窗口折射出社会的阴暗面,艺术上颇有传统家庭小说结构紧凑、情节性强的成熟感;一是《人间地狱》式的人物身世型,通过自身或亲友社会交往与感情历程的回味,慨叹社会之不公或复杂,艺术上已有高雅小说注重人物感情与性格描写的审美特色,但通俗与审美的融合显然进一步有待完善;一是《新歇浦潮》式的片断故事连缀型,它以叙述者录见闻的方式将一个个场面与故事聚合成篇,不乏精彩片断,但人物形象相对模糊些,结构上也似稍散漫。无论哪种倾向,事实上纪实之中仍有讽刺或谴责的传统小说艺术手法,不过有时过于追求作品的趣味化,有的纪实成分不无夸张之处,从而也影响了通俗与审美的较完美结合,其下品则走向煽情与猎奇式的黑幕小说。

再次,这一阶段高雅小说的兴盛及其对通俗小说读者的争夺与影响,驱逼着通俗小说不但变换其叙事方式,而且还增加叙事类型,以更为通俗可读的品格扩大吸引更多市民读者。这样,在军阀混战背景下,具有以武力反抗统治者及惩治罪恶分子色彩的侦探小说、武侠小说、党会小说便迅速崛起。程小青的《霍桑探案》至此受到世界书局的有意推销更为流行,不肖生的武侠小说《江湖奇侠传》、《近代侠义英雄传》及姚民哀的党会小说《山东响马传》也在

世界书局的《红杂志》及《侦探世界》上推出⁽²⁹⁾,一时三种颇有冲击
力的通俗小说类型在市民阶层掀起轩然大波。侦探小说在艺术上
明显模仿西方同类小说,如采用固定人物角度的限制性叙述,叙述
者人物化——即始终成为作品中的一个人物,从而有别于传统小
说叙述者超然于故事之上的全知型叙述模式。像程小青的《霍桑探
案》即基本以包朗这个侦探助手为叙述者,他还参与故事的发展进
程。从这个角度叙述的小说故事显然更为真实生动,更能将读者引
入那个扑朔迷离的侦探迷宫。无疑,这种小说叙述艺术比"五四"其
他通俗小说更为高明。它以出奇制胜扣人心弦的情节、缜密曲折绕
有趣味的逻辑推理这一通俗性及叙事的生动真实这一审美品格的融
洽结合,赢得了"大众"读者的欢迎。相比之下,这一阶段的武侠小
说、党会小说艺术最具传统色彩,即使像《近代侠义英雄传》、《山东
响马传》这样的优秀之作,也还是未充分重视人物的描写,且未能坚
持以一二个人物为中心展开情节叙述,小说结构普遍较为散漫,它们
更以题材的出奇而取胜,至于小说的合理幻想式叙述手法、情节结构
的完整统一、人物性格与人生哲理的描写这些武侠小说的较高审美
艺术品格显然有待更大发展。但即使是这种现代武侠小说、党会小
说的最初形态,因其具备了迎合好奇的市民心理这一通俗品格,就足
以让当时的市民"大众"陶醉了。总而言之,这一阶段的通俗小说,在
蓬勃发展的高雅小说的驱逼下,通过读者与文化市场双重中介的作
用而呈现出多样化的艺术发展趋向。但是,尽管许多小说借鉴了不
少高雅小说的技巧,但它们在小说通俗性与审美性的结合上仍然存
在不少问题。即使是比他人略高一筹的通俗小说家如李涵秋、毕倚

虹、程小青、不肖生、姚民哀等,他们的主要功绩也只在小说叙事类型的开拓与叙事手法的某些革新这一点上。至于他们所代表的通俗小说类型的更高发展,却是之后张恨水、刘云若、孙了红、王度庐、还珠楼主及金庸、琼瑶等人的事了。

第三节
"五四"后期阶段文化重心转移与文化
意识熏陶的驱逼作用

在 1925 年至 1927 年的"五四"雅俗小说结构的第三阶段,高雅小说进一步的发展演变促成了现代通俗小说由"五四"南派小说艺术为中心模式向 30 年代北派小说艺术为中心模式的转化。这是一个转折性的过渡阶段。从当时的社会文化大背景角度看,"五四"新文化运动走向退潮,社会革命的实践运动进一步展开。"五卅"工潮、北伐进军、工农运动的兴起与高涨使整个文化与文学界面临新的社会要求的规约。在高雅文学界,部分人提出"现代中国社会与革命文学""无产阶级艺术"等口号,要求文学为"第四阶级"服务及须有相应内容和形式的主张[30]。在出版界,这一阶段被称为"新书业的黄金时代"。"三民主义,建国大纲,共产主义 ABC 和其他关于社会运动国际运动等新书,非常畅销","就是向来对于新书不感兴味的工商界也要为明了三民主义或共产主义而读书了"[31]。这一文学与文化背景进一步驱逼着市民读者阅读期待视野与阅读趣味的改变。这倒不是说他们纷纷从"礼拜六派"的忠实读者转向阅读"无产阶级文学",事实上,诚如鲁迅所言,当时"中国自然没有平民文学"(32),除了他们中的部分人看看几部畅销的社会科学新书外,其余人的变化则显得更为复杂。他们有的虽然目睹大转变时代社会的来临,却实在无法适应或跟上高雅文学界快速转向的节律,从而只在武侠小说、党会小说、侦探小说、黑幕小说的阅读中得到一些武力反抗情绪的宣泄和满足,这正是南派通俗小说最后一浪得以持续的原因。然而,他们中的另一部分人却反映了通俗文学阅读趣味新变的主流。其突出标志是,这部分人开始脱离"礼拜六"派杂志及相应的阅读趣味。对此,沈从文曾有描述,他说:"承继《礼拜六》,能制《礼拜六》派死命的,至少是从上海一部分学生中把趣味掉到另一方向的,是如像《良友》一流的人物。这种人分类应当在新海派。他们说爱情、文学、电影,以及其他,制造上海的口胃,是《礼拜六》派的革命者。帮助他们这运动的是基督教所属的学生,是上帝的子弟,是美国生活的摹仿者,作这反《礼拜六》运动而仍然继续《礼拜六》趣味发展的有《良友》一类杂志。"(33)从当时通俗文学杂志流通变化角度看,沈从文的观察是精当的。这一阶段,除《红玫瑰》、《小说世界》等杂志靠武侠小说、侦探小说、党会小说及进一步革新的短篇小说维持生存以外,大多数《礼拜六》式的杂志均纷纷停刊,取而代之的却是《良友》式画报的"风起云涌"。首先是毕倚虹创办的《上海画报》,紧接着是《紫葡萄画报》、《紫罗兰画报》、《良友(画报)》、《太平洋画报》等,这些画报以图文并茂的形式、新颖通俗的内容、精致美观的形象获得了大众的喜爱,比起那略带古旧气息的《礼拜六》,无疑更为引人入胜。如《良友》杂志,这本被周瘦鹃称为当时"中国的无数出版物中,确可以独树一帜"[34]的杂志,其实却是效法当时英国著名大众杂志《伦敦新闻画报》(ILLUSTRATED LONDON NEWS)的产物,仅创刊号即印七千余份,最高发行量曾高达四万份,内容"涉及国内外政治、军事、经济、文学、艺术、体育、服饰、妇女、儿童等等"[35],可谓中西合璧、新旧兼融、雅俗俱备。在文学方面,既有郁达夫的《祈愿》[36]这样的短篇小品,又有刘恨我的《春梦余痕》[37]这样的连载型通俗社会长篇小说。显然,这是更有趣味、更有美感、更为新奇、更为"现代"的通俗型杂志,足以对《礼拜六》进行革命。周瘦鹃这个《礼拜六》的中坚分子此时在《礼拜六》《半月》寿终正寝之后也着手创刊编辑多种画报即是证明。这也充分反映了这一阶段通俗文学读者阅读期待视野的新趋向:即越来越讲究通俗读物的趣味、美感、形象、新颖及"综合"化、"现代"化色彩。正是这一变化,促成了通俗小说界主要艺术发展方向的进一步变迁:一批较具有"现代"色彩的通俗小说家渐次崛起,大有取代更多古旧姿态的"礼拜六"式作者之势。反映在短篇小说领域,有两种明显的表征。其一,通俗小说界"跟着这时代的潮流向前进"[38],出现了许多有意提倡的"问题小说"。"问题小说"是"五四"高雅小说中较早出现的一种小说现象。当初,理论上是由周作人较早把它作为与"教训小说"相区别而提出的[39],创作上则以鲁迅、冰心的早期小说作品为代表。在现代通俗小说界,也很早便出现了"问题小说",如上文曾提到的包天笑的《友人之妻》,就触及到大众生活中的家庭问题,其特点也是只提出问题而不提供药方,诚如作者所说:"我这一篇,说他劝惩也好,不说他劝惩也好,在读者自己的观念,我可不着一字,只把每段故事说明罢了。"⁽⁴⁰⁾这类作品,在之后的通俗小说中仍不绝如缕,《礼拜六》后一百期上还出现了茅盾所说那样的关于劳工问题、教育问题等小说。因这些小说缺乏先进的现代意识,所以,在高雅小说界看来,这是不成"问题"的"问题小说"。但在这一阶段,却有些不同。通俗小说界不仅多次有意开设"问题小说"专栏,如《红玫瑰》上的"新妇女号"、"小说家号"、"新青年号"、"娼妓问题号"等,而且,其中部分作品已明显接受"现代意识"的熏陶,触及了现代"新"青年、"新"妇女应如何面对生活等社会疑难问题,虽然仍有一定的保守姿态,但却显得较为切合大众的现实生活,并非陈旧落伍。如小说《邻家》这一作品⁽⁴¹⁾,即明确主张反对旧式家庭组织:"哈哈,自由活泼,确是小家庭中的特色,这是在腐败的大家庭中,万万瞧不到的,不过须注意在有秩序三个字上"。显然,这样的"问题小说"与冰心的《两个家庭》等作品在意识上应该说相去不远了,在某种意义上,也的确把握到了大众生活问题的脉搏。其二,一些小说在保持其通俗品格的同时,显然已能较熟练地运用某些高雅小说的技法。这不仅表现在普遍运用分段分节、新式标点语体及倒叙结构等方面,更主要的是,部分作者已掌握一些前两个阶段很少见的叙事方法。像劲风的《疯人院中》⁽⁴²⁾,采用了某些高雅小说中所运用过的不可靠叙述方式,以增强作品主题的歧异多解。这部作品以日记体形式写一个"疯子"的心理流程。叙述者故意隐约其辞,既指示疯子所言"似乎有些道理"又以反讽笔调间离叙述接收者的阅读进程——"且请注意,切莫被他这篇疯话迷住了",在似是而非中把思考的空间留给了读者自己。这恰似鲁迅的《狂人日记》,在"语颇错杂无伦次"

的"狂人"语言背后,读者感受到的却是无尽的蕴味。不仅如此,有的通俗小说还出现了具有浓郁抒情氛围的情调结构叙述方式。如曹梦鱼的《摇落的年华》[43],写阿Q与L姑娘的恋爱悲剧,指责"礼教和名分"的厉害与可怕。小说以第一人称叙述角度叙述,叙述者以作品主人公朋友的身份介入故事叙述流程,与传统小说有别。整篇作品几乎没有一般通俗短篇小说所常用的科白式对话,而是以抒情的笔调结构整个故事。如作品开头:"摇落的年华,也不管在那里欢笑,还是悲哭,眼前的呢,又何尝不是流浪呀,但是也许有些值得回忆的",叙述者的情绪介入使故事染上了诗样的感伤氛围,比前一段严独鹤的《月夜箫声》更主观化情绪化。这些新变反映了在高雅小说驱逼下通俗小说界为适应读者而主动吸取高雅小说审美艺术手法的努力。显然,这种新变趋向并不是每位写惯了"礼拜六"式作品的这一代作家所能做到的。他们的年龄层次、知识结构决定了他们在时代潮流面前会渐次地从通俗文坛的中心移向边缘,相反,这时受过"五四"新文化运动熏陶的更为年轻一代通俗作家就悄然崛起,他们开始移向通俗文坛舞台的中心。这也反映在长篇小说方面。最突出的自然是张恨水。他的《春明外史》与《金粉世家》[44],集中反映了这一阶段长篇小说艺术变迁的主要流向。作为"礼拜六派的胚子"[45],张恨水早期也写过《青衫泪》、《南国相思谱》等"礼拜六"式小说。然而,他的幸运之处在于,适逢其青年知识吸收时期爆发的"五四"新文化运动与文学革命的巨大影响使他获得了更多有别于他前辈们的现代文化艺术因素的熏陶,从而也使他很快适应现代大众的阅读期待与通俗小说发展的主潮。在《春明外史》中,他既承继前一阶段以《人间地狱》为代表的融合言情、社会小说的叙事模式,但又做了较大革新。如果说《人间地狱》主要靠人物对话推进情节发展、刻画人物性格,那么在《春明外史》中则淡化了这种拟书场格局中的"说话"式叙述口吻,以生动多样的叙述者语言更熟练地进行场面描写与人物描写,延缓了故事推进的快速节奏,却使故事变得更为细腻丰满,且每每能更多地超越故事本身,融入某些人生体验。小说十分注意对主人公杨杏园的心理刻画,如二十三回梨云死后的一段描写:"却说杨杏园似梦非梦病在床上,仿佛灵魂离了躯壳。飘飘荡荡,只在云雾里走。遥遥的望去,山水田园,隐隐约约,都不很清楚。初看好像有一座大海,横在前面。"这段极富清新风格的文字颇有高雅小说中的心理分析风味,如没有一定的现代高雅文学趣味与艺术方法的熏染,显然难以写得如此精彩。然而,张恨水的高明之处不仅在此。他在融入这些新型的小说叙述手法,使作品更富美感的同时,却强化了作品的可读性。较典型的如《金粉世家》的开头,它堪称是现代通俗小说中最精彩的叙述片断之一。在这里,作品已经没有了"话说某某"或以诗词开首作证的套式,也没有总领全书主旨的叙述者评论与说教话语,却以一大段精致的风俗画描写开场:"人生的岁月,如流水的一般过去。记得满街小摊子上,摆着泥塑的兔儿爷,忙着过中秋,好像是昨日的事。……"叙述者在不无伤感色彩的亲切回忆中,既透露出风俗画本身的美感魅力,又绘声绘色地将叙述接收者自然地引入故事的真实氛围之中。而接下去依然使用的关于"我"所见所闻所感的第一人称限制性叙述,真实巧妙地使叙述接受者的注意力紧紧地集中在冷清秋这一被叙述事件人物身上,冷清秋神秘的身份、落魄的身世、惊人的才华不能不使人生起好奇的阅读欲望,其效果显然比传统全知型叙述更为强烈。张恨水在"五四"的崛起是现代通俗小说由南派向北派过渡的标志,它表明,"五四"高雅小说的"驱逼"作用促成了"大众"读者通俗阅读趣味沿着更为新颖的方向而快速变化。这正是30年代更有现代色彩的北派通俗小说兴盛的征兆。

第四节
"五四"后高雅小说艺术对通俗
小说的潜在作用

张恨水的小说《啼笑姻缘》,在上海的风行一时,正式标志着通俗小说北派时代的到来。如果考虑到"五四"后高雅文学整体上的南盛北衰发展趋向,那么此时通俗文学的北盛南衰现象恰恰说明了雅俗文学间存在的互为因果关系的潜在影响作用力。"五四"后,高雅文学家纷纷聚集于以上海为中心的南方。他们中的不少人因政治环境与文化市场的牵引,走向了形态各异的俗化创作之路,逐渐对南方通俗小说家创作构成有力的挑战与威胁,迫使他们为争读者和文化市场而调整艺术发展方向。突出的例子是,属于南方通俗小说家更为年轻一代的秦瘦鸥。在其代表作《秋海棠》中,他将一个戏曲艺人与富贵人家姨太太恋爱偷情的故事,做了不同于其前辈作家们的艺术处理。即不再以保守旧道德的姿态责骂这种被一般旧准则所认为的"非法"恋爱现象,而是怀着人性解放与人道意识,对悲剧主人公倾注同情与支持。艺术上也较多吸收高雅小说创作注重心理刻画与情绪描写手法。然而,这对较多承续清末民初小说遗风的大多数南派通俗作家而言,因自身文化结构、艺术观念和文学趣味的限制,他们事实上已无力跟上这股新颖的大众阅读潮流。有的只好以庸俗化写作——如冯玉奇式的"肉感"言情小说和随意模仿的武侠小说,取媚读者。更多的是终止创作,为更具"现代"色彩的北派小说家所取代。

比较而言,北派通俗作家则较为幸运。"五四"后高雅文化中心南移,滞留于北方的"京派"型作家又相对注重高雅品格的小说创作,客观上这给通俗文学留下了较广阔的市场。另外,北派通俗作家不但较多受"五四"新文化运动熏染,而且对雅文学创作还有一定的仰慕心态,如白羽等还一度感兴趣于新文艺。因此,他们没有南派通俗作家那样相对集中的"圈子"意识及与雅文学相对峙的自觉意识,而更富有个体创造性和现代适应性,也更能接受高雅文化与艺术的营养。正如张恨水在《写作生涯回忆》中所言:"我又不能光写而不加油,因之,登床以后,我又必拥被看一两点钟书。看的书很拉杂,文艺的,哲学的,社会科学的,我都翻翻。还有几本长期订的杂志,也都看看。我所以不被时代抛得太远,就是这点加油的工作不错,否则我永远落在民十以前的文艺思想圈子里。"这种"加油"意识与努力,使我们不难理解其创作对变化的时代节奏的适应。从小说类型角度看,北派通俗小说以社会言情小说与武侠小说为代表。相对而言,前者虽不脱"俗",但对现代审美文化追求尤为注重;后者虽不乏"美",但在现代通俗化叙述方式与类型的创新上更为突出。通俗社会言情小说,因同类高雅文学作品层出不穷,所受到的潜在压力与挑战尤为严峻,因而不得不在"俗"的基础上强化现代审美文化品格。如张恨水的《啼笑姻缘》，正如他在《写作生涯回忆》中所言，虽"以社会为经，言情为纬"，但还是化入技击武侠的情节，以求更能沟通俗众；同时，又不得不对常见的章回体形式进行"扬弃"与"改良"——学习"西洋小说"，"增加一部分风景的描写与心理的描写，有时也写些小动作"。正是这种自觉的革新与超越意识，使通俗社会言情小说守住了自己的阵地。在某种意义上，张恨水、刘云若这两位以言情创作而代表现代通俗文学最佳艺术水平的双子星座，也是在高雅小说潜在驱迫下才得以诞生的。武侠小说，因其本性更能沟通俗众，所受雅文学的潜在压力相对较小。但由于现代雅文化与文学趣味的普遍熏染，大众读者阅读趣味的新变也迫使武侠小说家在现代通俗化叙述方面做出探索。在这方面，30、40年代的北派作家也颇有成就，比起"五四"前后的武侠小说创作，另有诸多创新：如从不肖生的《江湖奇侠传》到还珠楼主的《蜀山剑侠传》，武侠小说的合理想象由江湖民间的故事传说延伸至名山大川的神话仙境；从赵焕亭的《奇侠精忠传》到郑证因的《鹰爪王》，武侠小说的技击描写由热闹紧张的打斗场面发展到虚实相间的豪侠险境；从顾明道的《荒江女侠》到王度庐的《宝剑金钗》，武侠小说的刚侠柔情模式由人工斧凿的奇巧编造化而为自然悲剧的豪壮结局……如此种种无不显示，在通俗化叙述方面后来者更技高一筹。也正因有如此中间一环，后来港台"新派"武侠小说的更高发展，才显得水到渠成。它也显示出，在高雅小说日新月异发展步伐的牵动下，通俗小说节节提高的前进姿态。

第五节

现代高雅小说对通俗小说艺术
潜在影响的一般规律

通过以上考察,不难看出,处于现代雅俗小说结构中的通俗小说艺术发展,始终受另一方面即高雅小说驱逼作用的影响,但这并不是直接的,而是呈现为"潜在"的间接性特征。

首先,现代高雅小说对通俗小说艺术的驱逼作用须经过读者和文化市场的双重中介。现代高雅小说艺术的探索和创新或早或迟地改变或影响着不同文化层次的部分通俗小说读者。读者阅读期待的变化通过文化市场的调节——即报纸、杂志、书籍的创办、发行等,又促使通俗小说家艺术创作发生新变。诚如张恨水所言,大众读者"那班人需要一点写现代事物的小说,他们从何觅取呢? 大家若都鄙弃章回小说而不为,让这班人永远去看侠客口中吐白光,才子中状元,佳人后花园私订终身的故事,拿笔杆的人,似乎要负一点责任。"(46)读者趣味的变化通过文化市场的反馈,最终使通俗小说家有意识地为表现"现代事物"而改变其旧有艺术模式,借鉴吸收一些高雅小说的艺术营养。

其次,现代通俗小说艺术对高雅小说的借鉴与吸收有时并非在同一时间段完成的,其间存在一个时间差的过程,即具有明显的滞后现象。如在"五四"雅俗小说结构的第一阶段,高雅小说对通俗小说艺术的影响更多地表现为驱逼其沿着现代通俗化方向发展,而具体审美艺术手法除却个别优秀作品外,几乎很少发生借鉴吸收的迹象。

只有到了第二阶段,小说的倒述结构、人物描写、情绪表现及第一人称叙事角度才开始越来越受重视。但许多较复杂的小说叙事方法,如不可靠叙述、细腻的心理描写及人物刻画与环境风俗描绘的有机结合等却仍然在第三阶段的通俗小说中才开始较多实践。事实上,如果我们再将视野扩展,可以发现,"五四"高雅小说某些更复杂的艺术手法在三四十年代甚至七八十年代的通俗小说中才得以借鉴吸收,像情绪场景的诗化处理、人物的心理分析及叙事的书面化倾向在张恨水、刘云若、金庸、琼瑶等作品中才越来越明显地见到。这种滞后现象一方面说明了现代中国文化先驱者与大众市民之间存在较大的文化距离,另一方面也说明了读者与文化市场双重中介作用过程有时也显得相当漫长。

再次,现代通俗小说艺术对高雅小说的借鉴吸收呈现为整体性趋势,而不是单个作家作品之间影响的线性关系。由于高雅小说往往经读者与文化市场双重中介的作用才对通俗小说发生影响,所以,常常是高雅小说的某一种类型或叙事艺术在"大众"中普遍受到冲击或影响才足以改变通俗小说艺术的发展。这使得这种间接性影响呈现出综合型的整体化趋势,而且,高雅小说的某一种探索成果一经通俗小说采用,就会被模式化、公共化和固定化。最突出的是"问题小说"现象。在"五四"雅俗小说结构的后期阶段,通俗小说中"问题小说"普遍得到公开的提倡与实践,这种现象是由于在"五四"现代高雅小说与文化的影响冲击下,"大众"读者也开始普遍要求通俗小说界对社会问题加以关注的结果。此类作品在整体上仍无外乎"新家庭"、"新青年"、"劳工问题"等主题的讨论,而且仍然采用只提问题不开药方的艺术模式,对高雅小说中的"问题小说"进行了简略的模式化、固定化的整体性模仿。因此,虽然受高雅小说影响,但却不存在像高雅小说中鲁迅、冰心等具有不同个性的"问题小说"的作家作品。

最后,现代通俗小说艺术发展虽然接受高雅小说的间接性影响,但并非原样模仿高雅小说艺术技巧与风貌,它仍保持其通俗性品格。如"五四"时张恨水的长篇小说《春明外史》、《金粉世家》及严独鹤的《月夜箫声》等某些短篇小说,虽然吸取了高雅小说的某些艺术手法,但这些作品不仅更富美感,而且似乎也更通于"俗"众,为大众所乐于欣赏。它们对高雅小说艺术手法的吸取,主要功能在于使小说故事的叙述显得更为高明和吸引人。这就是说,通俗小说所吸收的高雅小说创作艺术技巧与手法,已发生了变形,即经过了通俗小说自身的"选择"、"过滤"与"消化",因而通俗小说仍然不失其"通俗"的基本特质。

现代高雅小说对通俗小说影响的间接性特征,从根本上说,是由现代通俗小说在文学与文化结构中的独特存在决定的。作为现代通俗小说,首先它是现代通俗文化的一部分,因此,必然受现代通俗文化基本规律——市场化、通俗化等的制约。作为处于现代雅俗小说结构中的一部分,它势必受到这个结构本身的规范。但是,在这里,通俗文化规律对它的制约与规范则是基本的和直接的,失去通俗化与市场化性质,通俗小说就无法存在。高雅小说对它的驱逼作用则往往须接受通俗文化市场的调节。就此而言,现代雅俗小说结构作为通俗小说艺术发展的一种动力,显然并非是决定性的,其主要功能在于间接性地提高通俗小说的审美艺术品格。而且,除整个社会文化结构与文化市场对通俗小说艺术的根本制约外,现代高雅小说对通俗小说艺术的间接性影响,也并不是现代通俗小说艺术发展唯一的小说史动力形式。我们以上的考察,事实上只限于创作小说范围内进行,这是一种为论述方便起见而不得不"简化"的权宜之计。除此之外,现代通俗小说显然还存在另一种重要的小说史动力——即西方翻译小说艺术的影响与冲击。翻译小说不仅在高雅小说领域影响深远,也在通俗小说领域广泛渗透。现代通俗小说杂志,除专门倡导创作小说的《小说画报》等以外,其他杂志几乎都有翻译小说,有的杂志译作之多甚至与创作小说相当。即如"五四"通俗小说家也不乏著译兼丰的"两栖"型作家,突出的如程小青、包天笑、周瘦鹃、孙了红等。本来,西方翻译小说也分雅俗,《福尔摩斯探案》与《茶花女》自然有别于《复活》与《双城记》等。然而有趣的是,"五四"通俗小说界对创作的高雅小说似乎颇有防范甚至敌视之意,但对翻译的高雅小说却似乎来者不拒。在许多通俗小说杂志上,照样刊登托尔斯泰、陀斯妥耶夫斯基、巴尔扎克、雨果等小说作品。周瘦鹃的小说译作,曾被鲁迅称为"不仅志在娱悦俗人之耳目",且誉之为"昏夜之微光,鸡群之鸣鹤"[47],就在后期《礼拜六》等杂志上经常出现。就此而言,高雅小说译作对现代通俗小说艺术来说,因对方较少存有门户之见,其影响似稍直接些。不过,尽管如此,我们仍然看到,这是颇为有限的。即如周瘦鹃的短篇小说,并不具备契诃夫、欧·亨利式短篇小说的高雅艺术风姿,只是在场景描写与结构布局方面偶而吸收一点其技法而已。究其原因,除当时通俗小说杂志上的高雅译作普遍被误读及通俗化艺术处理之外,其背后仍然离不开读者层接受能力及文化市场的制约。因此,从整体角度看,西方高雅小说译作对现代通俗小说的影响也仍然具有间接性"潜在"影响的特征。相比之下,倒是通俗型翻译小说对现代通俗小说创作影响更大。与高雅小说译作不同,现代通俗小说对通俗型小说译作进行了明显直接的模仿。除一些通俗言情小说对《茶花女》第一人称叙事及日记体形式艺术方法的直接吸收外,最明显的是侦探小说。程小青的《霍桑探案》、孙了红的《侠盗鲁平奇案》,无论从人物设置、情节设计、叙事手法的哪个角度看,都分别明显借鉴柯南道尔的《福尔摩斯探案》与勒勃朗的《亚森罗苹盗案》。由于西方同类小说在叙事艺术上确实有其高超之处,如第一人称限制叙事的普遍运用等,所以,这种模仿也为现代通俗小说创作艺术的发展起了一定的促进作用。由此观之,现代通俗小说发展的许多艺术新变与审美品格的提高,绝非单纯是对高雅小说创作艺术经验的吸收,翻译的高雅型与通俗型小说作品在此也起了十分重要的作用。它们共同构成了现代通俗小说艺术发展的重要小说史动力。

需要说明,以上关于现代雅俗小说结构中高雅小说对通俗小说艺术发展潜在影响的诸特征与规律是以正常的现代型社会文化结构背景为条件的。所谓"正常"是指具有一般现代型社会文化发展的环境与氛围,具体地说,无论对于雅俗小说的哪一方面,均有相对宽松的文化空气与自由竞争发展的契机。它包括创作主体的自由探索、创作作品的自由流通及创作作品的自由欣赏等方面。如果一个社会实行较为严格的文化艺术统制政策,那么它势必抑制雅俗小说发展的上述三个方面性质,从而干扰雅俗小说的关系结构形式,高雅小说对通俗小说的潜在影响规律当然就会改变。即以流通角度而言,在一个正常的现代社会文化结构中,雅俗小说存在各自的流通规律:高雅小说往往需在读者、出版者与作者之间经过一系列循环往复的严格筛选,最后,少数的"作家"才脱颖而出;通俗小说则在文化市场供求关系流通规律的作用下,呈大量生产、普遍模仿的模式化、公众化与类型化特点,每一种小说类型往往只有几个作家或几部作品堪称代表与典型,其余众多的都只是其模仿者而已。正是在这种正常流通发展过程中,通俗小说为适应"大众",一面求"俗"——取悦"大众",一面追"新"——迎合"大众"爱好时尚与新鲜的本性,从而有条件地借鉴少数高雅"作家"的艺术探索经验。不然,始终停留于旧有艺术模式的通俗小说势必会受到"大众"的厌弃,最终将被文化市场所淘汰。高雅小说对通俗小说艺术发展的驱逼作用,就在此为正常流通的运行过程中表现出来。但是,一旦社会文化结构转入非正常状态或实行严厉的统制措施,那么,高雅小说因作者、出版者与读者之间无法自由正常交流和反馈而陷入发展的困境,通俗小说则因缺乏文化市场的调节机制而使正常流通受阻,雅俗小说的正常发展逻辑无法运行,双方的交流似乎被强行间离,这自然无法存在高雅小说对通俗小说的"驱逼"作用形式。就此而言,在现代社会,过于严厉地实行文化统制政策,都势必影响到雅俗小说的正常发展和交流,破坏合理的雅俗小说关系结构与分布格局,最终使整个小说界的艺术发展受挫。因此,当前文坛曾有人呼吁以行政的手段压制部分俗化小说创作的做法实不可取。事实上,如前文所述,只要存在正常的文化市场运作,就必然存在相应的通俗小说艺术,问题真正的关键倒在于如何促成通俗小说创作保持通俗性的同时又富有较高的审美品位,防止通俗小说的庸俗化。从现代雅俗小说结构对通俗小说艺术发展影响的历史经验来看,产生较高品位的通俗小说,恰恰需要对雅俗小说都显得相对宽松的文化氛围。像《茶寮小史》、《人间地狱》、《春明外史》、《金粉世家》,甚至《近代侠义英雄传》等优秀作品,都在当时较无拘束的商业性报刊中发表,离开当时商业性传播载体的这种相对自由性质,作品就犹如无水之鱼。别的不论,单说这些小说的某些讽喻特色,就足以使作品在严厉的报刊检查制度下封杀了。所以,很难想象,没有一定宽松的文化氛围,尚存优秀的通俗小说作品。

还应当看到,现代通俗小说的艺术发展逻辑与古典社会文化结构中的俗小说是不同的。中国古典社会文化结构呈现严格的等级制特征,雅文化对俗文化具有规范与控制作用,但之所以作为俗文化的古代白话小说仍有通俗与审美融合较好的优秀之作,是因为这些作品往往在保持市民通俗艺术特色的同时,还吸取了民间文化艺术与叛逆型文人艺术的营养。民间文化艺术由于远离庙堂的中心,较少受正统观念约束,保持了其自在活泼的美学品性;而叛逆型文人艺术则直接挣脱正统文化规范的束缚,将自我的情感思考融入小说创作,增强了小说的文化艺术蕴味。所有这些,有可能使古代俗小说在保持市民文艺通俗性的基础上提高其审美品格。而在现代社会文化结构中,通俗小说几乎已很少接受民间文化艺术的长期熏染,大多数作品,是由呈保守文化姿态的通俗作家的快速炮制而迅速投放文化市场的,其发展显然有别于古代俗小说。因此对待现代通俗小说,若仍如古典文化时代一样,以雅文化艺术控制俗文化艺术,那么只能会使通俗小说走向衰弱甚至消亡。正如上文所言,其结果对高雅小说发展同样不利。

因此,建立一个防止通俗小说庸俗化的学术性有效机制,就成为文学界特别是通俗文学理论界必须探讨的课题。这是文化市场日趋发达的今天所应正视的现实。从现代小说史上看,一些严肃的作家包括通俗小说家,从来就没有停止过对小说庸俗化的批评。鲁迅对张资平那种写滥了的三角恋爱小说曾予以犀利的讽刺,大多数通俗小说家也坚决与冯玉奇等庸俗小说炮制者划清界线。这种文学范围内对小说庸俗化的抵制和批评,今天看来仍然显得很有必要,且富有现实启示意义。也就是说,文学界特别是通俗文学评论界,对通俗小说庸俗化问题予以足够的重视,及投入相当的精力进行富有责任感的批评,或许是解决这个问题的核心所在。由于通俗小说具有求"俗"——取悦大众的本性,以及它具有快捷迅速的流通特点,所以,对通俗小说的学术性监督,就不应仅仅表现为对既成作品的评论方面,还须对通俗小说生产流通这道工序进行必要的关注,当然,这得与出版发行部门的学术性审查机制相配合,建立综合型监督批评机制。如果不这样做,那么往往对一批批不同面目的庸俗小说的流通,无法予以及时的制止,因为当评论界发现它们出笼时,它们已经流行扩散了。这种单一的作品评论式机制自然缺乏足够的效率。

至此,有必要对雅俗小说艺术发展中的"雅俗共赏"论作一辨析,因为长期以来对它的混乱理解,导致了对雅俗小说艺术发展方向及批评标准认识的模糊和分歧。如不少人根据朱自清先生颇有影响的

"雅俗共赏"说认为,现代高雅小说的发展势必要借鉴通俗小说艺术,现代通俗小说的发展必然会向高雅小说靠拢,最终两者走向合流,达到"雅俗共赏"的局面。其实,这是一种误解。首先,朱自清先生虽在《论雅俗共赏》、《标准与尺度》两本专著中提出文学发展在"安、史乱后几百年间自然的趋势,就是那雅俗共赏的趋势"[48]的观点。但他对"雅俗共赏"作如此解释:"起初成群俗士蜂拥而上,固然逼得原来的雅士不得不理会到甚至迁就着他们的趣味,可是这些俗士需要摆脱的更多。他们在学习,在享受,也在蜕变,这样渐渐适应那雅化的传统,于是乎新旧打成一片,传统多多少少变了质继续下去。"[49]在这里,这所谓"继续下去"的"传统"仍有雅俗之别,两者并未彻底"合流",只是双方各自之中的一部分发生了交流而已。若已"合流"为一,那这种"雅俗共赏"的趋势早已停止,就无从"继续下去"可言。另外,朱自清先生在文中也并不排除"原来的雅士""不理会""俗士"的趣味而自行发展及"俗士"不"适应那雅化的传统"而自己创作,这雅文学继续雅化与俗文学继续俗化共存的可能性。可见,朱自清先生关于文学发展"雅俗共赏"的本意,是指雅文学的俗化与俗文学的雅化两种文学发展趋向的同时进行与始终并存,并不是指雅俗文学"合流"为一而发展。这无论从中国文学发展趋向抑或从具体作品的雅俗观念来看,都可得到印证。中国文学在中唐以后,一方面是高雅文学的俗化,如诗到宋代,整体上就有做诗如说话的散文化趋向;另一方面是俗文学的雅化,如起于民间的词,就逐渐走向文人化的雅化之路。但两者并未完全合流,宋诗虽然开始俗化,但终究是雅文学;词虽然沿雅化之路发展,但终究只是"诗余"。再从具体作品的雅俗观念转变来看,我们固然可以说《三国演义》、《水浒传》等小说是"雅俗共赏"的作品,但在当时,这无论如何也称不上是正经地位的雅文学。朱自清先生在《论雅俗共赏》一文中把雅人与俗人能在一起"共欣赏"的"唐、五代、北宋的词,元朝的散曲和杂剧,还有平话和章回小说以及皮簧戏等"都称为真正"雅俗共赏"的作品,其本意显然也不是指这些俗文学已具雅文学的性质或地位,而是说它们因"俗不伤雅"或"以俗为雅",故能多少吸引部分雅士来欣赏。至于后来把《三国演义》、《水浒传》等小说名著列为文学史上的经典之作,登入大雅之堂,那基本上是后来文学雅俗观念与标准发生变化以后的事。这正如上文所指出的那样,文学的雅俗概念具有相对性——不只表现为共时性方面的雅俗文学之间的层次性划分,还表现为历时性方面,即当文学的价值观念及评判标准与尺度发生变化以后,历史上的俗文学经较长时间之后,在现实文学语境中有被认作雅文学的可能性。但这并非意味着它在当时是雅俗文学直接"合流"的结果,相反,在当时文学语境中,它的雅俗规定性一般是较清楚的。其次,从理论上看,正如本文所论述的那样,现代通俗小说对高雅小说艺术的吸收是间接的,而且是有条件的——那就是始终保持其通俗品格基础上的借鉴,它不可能走向高雅小说范畴。另一方面,现代高雅小说具有不断创新探索与超越的发展逻辑,即使部分小说吸取某些通俗手法,但它也不可能完全俗化变为通俗小说。因此,现代雅俗小说之间尽管也不断发生艺术的交流,存在俗小说雅化与雅小说俗化两种趋势,但如果没有其他文化形态的干预,两者不会走向同一小说模式,雅的仍是雅的,俗的仍是俗的,始终分流共存,只是各自互有发展而已。就此而言,现代小说发展中的"雅俗共赏"趋势应当作如是观:通俗小说在不失其通俗品格的基础上"间接"融合了高雅小说的某些技法,使小说既"俗"且"美",既为市民"大众"乐于欣赏,又多少能吸引部分高层次文人偶而消闲,金庸小说即是一例;高雅小说在其探索发展过程中采用一点通俗小说的基本手法,使小说既"雅"且"趣",既在文人圈中流通又多少吸引市民"大众"读者的观赏,如张爱玲的部分小说作品。这两种趋向同时进行,始终存在,当然,这里也并不排除部分雅俗小说较少吸收对方艺术而存在与发展的可能性。总之,现代小说发展的"雅俗共赏"之路并不是指雅俗小说的合流,而是指雅俗小说相互交流,但分流共存。由于"雅俗共赏"向来被认为是小说发展的较高境界,而许多批评者往往把"雅俗共赏"理解为高雅小说与通俗小说思想艺术的"合流"与"合一",所以就容易产生以通俗小说吸收高雅小说思想艺术的多少来论衡作品质量高低,甚至干脆以高雅小说批评规则来品评通俗小说的现象。如上分析,这显然是不当的。真正"雅俗共赏"发展的通俗小说,它首先必须有通俗的品格,然后才是在此基础上对更高审美品格的追求。而且,其审美品味须融化于通俗品格之中,并不是对高雅小说美学风貌与表现手法的简单模仿。这才是符合通俗小说自身批评规则的较高标准。当然,不同类型的通俗小说其通俗与审美艺术的融合并不一致,如社会小说以纪实性手法为主,而武侠小说则以合理的幻想性手法为主。所以,那种把纪实性与幻想性上升到作为一切通俗小说艺术本质的观点也有偏颇。事实上,通俗小说的本质归结到一点,就是通俗基础上的更高审美融合。因此,提高通俗小说创作水平,除直接借鉴国内外优秀同类作品外,还须适当吸收融汇高雅小说的审美艺术经验。而要做到这一点,除靠健全的文化空气与文化市场运作之外,提高通俗小说读者层的文化美学趣味最为关键。那种强行使高雅小说家创作通俗小说,或强行使通俗小说家直接借鉴高雅小说艺术以提高通俗小说品位的做法,其实并不符合通俗小说的艺术发展规律。

注释:

(1)刘半农:《我之文学改良观》,《新青年》第3卷第3号。

(2)觉我:《余之小说观》,《小说林》第10期。

(3)这些杂志被革新或停刊的时间分别是:《小说月报》1920年12月后,《小说时报》1917年11月,《小说丛报》1919年5月,《小说海》1917年2月。

(4)载《小说月报》第9卷第12号。

(5)载《小说月报》第8卷第1号《编辑余谈》。

(6)当时杂志的发行量要3000份才不至于"蚀本",而《小说月报》到1920年已跌到2000份。参见包天笑《编辑小说杂志》及袁进《鸳鸯蝴蝶派》第101页,上海书店1994年8月版。

(7)、(8)包天笑:《编辑小说杂志》。

(9)春明逐客:《十年回首·楔子》,《小说画报》第1期。

(10)载《小说月报》第10卷第2号与第5号。

(11)胡适:《论短篇小说》,《新青年》第4卷第5号。

(12)载《小说月报》第11卷第7号。

(13)载1919年《小说月报》。

(14)鲁迅:《二心集·上海文艺之一瞥》,《鲁迅全集》第4卷,人民文学出版社1981年北京第1版。

(15)雁冰:《反动?》,《小说月报》第13卷第11号。

（16）、（33）沈从文：《郁达夫张资平及其影响》，邹啸编《郁达夫论》，北新书局1933年7月。

（17）参见丁玲：《鲁迅先生与我》，《新文学史料》1981年第3期。

（18）茅盾：《〈中国新文学大系·小说一集〉导言》。

（19）元觉：《敬告小说作者》，《鸳鸯蝴蝶派文学资料》。

（20）镜性：《论有价值小说》，载同上。

（21）胡适：《建设的文学革命论》，《新青年》第4卷第4号。

（22）、（31）张静庐：《在出版界二十年·回光返照与黄金时代》。

（23）、（24）载《礼拜六》第102期。

（25）载《红杂志》第6期。

（26）1920年，当时教育部即下令改用白话作小学第一、二年级的教科书，两年之后在中学也局部应用。参见胡适《所谓"中小学文言运动"》，《独立评论》第109号。

（27）由《民国日报》付刊《社会写真》栏，1924年2月8日开始连载。

（28）《怪家庭》由《时报》付刊《小时报》1922年8月31日开始连载；《人间地狱》前六十回由《申报》付刊《自由谈》1923年2月21日开始连载，后又由包天笑所续；《新歇浦潮》1922年起由《红杂志》连载。

（29）《江湖奇侠传》先由《红杂志》连载，后又由《红玫瑰》续载，其创作初期主要在这一阶段；《近代侠义英雄传》、《山东响马传》由1923、1924年的《侦探世界》连载。

（30）参见光赤：《现代中国社会与革命文学》，1925年1月1日上海《民国日报》付刊《觉悟》；沈雁冰：《论无产阶级艺术》，1925年5月《文学周报》第172、173、175、196期；郭沫若：《革命与文学》1926年5月16日《创造月刊》第1卷第3期。

（32）鲁迅：《革命时代的文学》，《文学运动史料选》第1册，上海教育出版社 1979 年 5 月版。

（34）周瘦鹃：《向读者诸君说几句话》，《良友》第 5 期。

（35）赵家璧：《重印全份旧版〈良友画报〉引言》，1986 年 10 月上海书店影印版《良友画报》第 1 期。

（36）载《良友》第 18 期。

（37）1926 年起由《良友》连载。

（38）赵苕狂：《花前小语》，载同（19）。

（39）参见周作人《中国小说里的男女问题》，《每周评论》第 7 期。

（40）包天笑：《友人之妻》，《小说画报》第 1 期。

（41）载《红玫瑰》第 2 卷第 1 期。

（42）载《小说世界》第 9 卷第 8 期。

（43）载《红玫瑰》第 3 卷第 49 期。

（44）张恨水《春明外史》与《金粉世家》的创作初期主要在这一阶段。本文所引这两篇小说的版本分别为 1985 年 10 月中国新闻出版社版的《春明外史》及 1985 年 2 月安徽文艺出版社版的《金粉世家》。

（45）张恨水：《写作生涯的回忆·礼拜六派的胚子》，人民文学出版社 1982 年 6 月版。

（46）张恨水：《总答谢》，1944 年 5 月 20—22 日重庆《新民报》。

（47）载由鲁迅起草的《通俗教育研究会审核小说报告〈欧美名家短篇小说丛刊〉》，《周瘦鹃研究资料》。

（48）、（49）朱自清：《论雅俗共赏》，《朱自清古典文学论文集（上）》，上海古籍出版社 1981 年 7 月版。

○ 第四章

现代通俗小说对高雅小说艺术的潜在影响

第一节

"五四"通俗小说作为高雅小说
创作的催化剂与腐蚀品

现代高雅小说艺术的发展,经受了古今中外文化与文学多重因素的影响。这些年来,在历时性层面上,人们分别从西方文化与文学及中国传统文化与文学的双重视角,溯源现代雅小说发展的历史沿革;在共时性层面上,又从当时政治历史、文化、战争等多角度检阅对现代雅小说的影响。然而,由于人们长期以来对通俗小说的忽视,作为同一历史进程、同一文体别一类型的通俗小说给予现代雅小说的影响却鲜有人作详细探索。作为小说史的内部动力之一,撇开这一层重要的艺术交流与互为作用的分析,对深化现代小说及文学史进程的认识,显然是一种欠缺。事实上,现代高雅小说同样也从未脱离过通俗小说的潜在影响,其间,以"五四"后期为过渡和转折,因其他文化形态的强有力介入,这种影响还呈日渐强化之势。"五四"初期,通俗文学以其流行的风格占领了绝大多数文学阵地和读者市场,那种浅显、通俗及趣味化的"大众"风格和偏于传统的形式是当时流行的小说时尚。处于被围逼之中的新式高雅文人,无疑面临着空前的寂寞。"我懂得他的意思了,他们正办《新青年》,然而那时仿佛不特没有人来赞同,并且也还没有人来反对,我想,他们许是感到寂寞了"[1]。这个文化与文学语境,可以看作是当时现代高雅小说较迟诞生及数量稀少的原因之一,也体现了普泛存在的通俗小说对当时高雅小说创作所具有的抑制作用的一面。不过,另一方面,通俗小说的流行又潜在地催化着现代小说对异样品格高雅作品的自觉追求。高雅文学界理论上对通俗文学的激烈批评及鲁迅、叶绍钧等作家创作出《狂人日记》、《这也是一个人》等"鸳蝴派""梦里也没有想到过"的作品[2],正显示了他们对通俗文学围逼的逆反心理。由此而产生的彻底超越意识,或许正是现代高雅小说发展初期,像鲁迅等几篇先驱之作很快趋于成熟的原因之一。"然而几个人既然起来,你不能说决没有毁坏这铁屋的希望"[3]。在某种意义上,《狂人日记》等作品的横空出世,只有作者带着开创一代新风及高度艺术修养和眼光时才能做到,才能完全超然于通俗文学时尚之上,并冲出通俗作品的包围。然而,对于文化艺术修养尚未成熟的青年作者,通俗小说的围逼有时却成为艺术创新的桎梏。他们有时无法完全脱离通俗趣味与形式的渗透,作品的叙述话语与表现技巧,往往滞留着通俗小说的某些陈俗格套。尤其是通俗小说那种"笔记体""记账式"的写实手法,及"向壁虚构"随意想象等描写手段,时时出现于初期新式作品之中。正如鲁迅所言,"自然,技术是幼稚的,往往留存着旧小说上的写法和语调;而且平铺直叙,一泻无余;或者过于巧合,在一刹时中,在一个人上,会聚集了一切难堪的不幸"[4]。可见,此时通俗小说对雅小说创作潜在的正面影响与负面效应即已初露端倪。一方面,此时通俗小说以其数量优势"包围"着高雅小说,使一些高雅小说家面临边缘感及寂寞的威胁,在一定意义上遏制其创作的兴致和冲动;对另一些修养尚不完善的作家,则时时从艺术形式、流行趣味等方面进行渗透。另一方面,这也促使真正的高雅艺术大家起而攻之,从而创制出风格迥异的艺术珍品,杀出另一条生路。也就是说,它既是真正探索者的"催化剂",也是一般凡俗者的"腐蚀品"。"五四"中期,随着高雅文学界小说创作的蓬勃展开,它所受通俗小说的潜在驱迫与影响也日益突出。自 1921 年开始,高雅小说创作"在一天一天热闹起来","文学团体和小型的文艺定期刊物蓬勃滋长",仅 1921 年第二季度就比第一季度创作数量增加了近一倍[5]。在这迅猛发展过程中,高雅小说界内部开始出现雅与俗的两极分化。部分文化与文学修养与眼光较高的作家,如鲁迅、许地山、郁达夫等进行创造性的高雅小说艺术探索,成为严格意义的高雅小说家;而另一部分作者,虽然带着有别于通俗小说家的文化意识与态度进行创作,但终因缺乏真正高雅小说家的创造性文化艺术修养,从而不自觉地染上了通俗小说的某些艺术趣味与形式陈套。正如当时批评家茅盾所说,"其一,现在尽有许多人喜欢做小说,却不知道小说是什么东西，……他们是把小说当作私人的礼物，一己的留声机的，如什么《订婚日记》便是一例；……。其二，专门摹仿西洋小说的皮毛——朋友对我说，此等小说实是节译西洋的六便士杂志上的无聊小说而改用中国人名罢了……（这一点的例子不胜枚举）……"[6]茅盾在此指出了当时高雅小说界受中国通俗小说"笔记"体描写手法与外国通俗小说娱乐趣味影响的两种情况。在稍后的另一篇文章中，他又对当时"竟可说描写男女恋爱的小说占了百分之九十八"的高雅小说界进行分析，认为这种创作现象的出现，很大程度上是因为："一般青年对于社会上各种问题还不能提起精神注意，——换句话说，就是他们的眼光还不能深入这些问题——而只有跟着性俗本能而来的又是切身的恋爱问题能刺激他们。"[7]显然地，这些"恋爱小说"的大量炮制，首先是作家对当时青年读者中较流行的潜在兴趣进行摹写、迁就与附会的结果。而对大众流行兴趣的迁就与适应，正是现代通俗小说的根本创作特征之一，可见，在这一点上，高雅小说界部分作家仍然不自觉地受到了通俗小说艺术的牵制。事实正是如此。从这些小说的叙事模式来看，"便只有二种不同的形式：（1）男女两人的恋爱因为家庭关系不能自由达到目的，结果是悲剧居多。（2）男女两人双方没有牵制可以自由恋爱了，然或因男多爱一女，或因女多爱一男，便发生了三角式的恋爱关系，结果也是悲剧居多。"[8]这两种言情模式，正是徐枕亚《玉梨魂》以来，现代通俗小说中常见的叙述模式。其中稍为不同的，是通俗小说叙述者往往更愿意倾向于较保守的旧式女子，让她们在恋爱中占据上风，而这些小说叙述者则更对新式女子倾注同情而已。而且,一旦这一不大的变化成为模式,"竟弄成所有一切人物都只有一个个性,这样的恋爱小说实在比旧日'某生某女'体小说高得不多"了[9]。这一普遍的现象不独表现于一般作家之中,即使是当时较知名的作家也有这一倾向。突出的如张资平。张资平自幼酷爱《花月痕》、《品花宝鉴》等直接哺育"鸳鸯蝴蝶派"小说的言情作品,后又对《茶花女遗事》、《迦茵小传》等外国通俗言情小说作品颇感兴趣,并也很欣赏"鸳蝴派"中的一些哀情小说[10]。可以说,深受通俗小说尤其是通俗言情小说趣味与形式的熏染。通俗小说中那种三角恋爱的叙事模式、趣味化叙述格调及"笔记"式的描写手法对他显然影响深远。他作品《冲积期化石》中随处可见那些趣味化场面的记录及男女交往中的趣味渲染,读起来更像是笔记体小说的趣味化拼凑。至于三角恋爱乃至多角恋爱,在《爱之焦点》等作品中也开始出现,这一叙事模式不但承袭了通俗小说中"发乎情止乎礼义"的"干净"的叙述倾向与趣味性描写,而且也借鉴现代通俗言情小说从《茶花女》中学来的两种笔法——不断地在叙事之中插入成段成段的日记书信,同时又处处进行人物心理纯粹想象式的虚构描写。只是张资平这些作品还有几分自由恋爱的思想意味,尚未被认为完全落入俗套。因此,能否脱离通俗小说趣味与形式的束缚,创造出别具一格的作品,是这一阶段高雅小说品格高低的一把标尺。由于通俗小说常常代表着大众流行的趣味、风格与欣赏习惯,它又常常占据绝大多数读者和大部分文化市场,从而致使其艺术形式方面存在强大的潜在势力,迫使一些高雅小说作者向它靠近。

当然，上述情形只反映了通俗小说趣味形式对雅文学作品渗透的一面，与此同时，它的存在，对于那类坚持小说雅化探索的作家来说，常常成为他们自觉超越与创新的动力和目标。鲁迅的《阿Q正传》，原来是应邀为《晨报》副刊"开心话"一栏而作。"因为要切'开心话'这题目，就胡乱加上一些不必有的滑稽，其实在全篇里也是不相符的。署名是'巴人'，取'下里巴人'，并不高雅的意思"⁽¹¹⁾。这种旨在"开心"的报刊连载体形式，是通俗小说的最佳载体，极易落入通俗文学的趣味格套之中。但鲁迅却作了有意悖反的处理。作品有意选取阿Q这样卑微的角色作为"立传"对象，但如此普遍的身份并不具有史传体"做正传"的资格。即使采用"小说家言"的通俗形式，也须先知人物的姓氏籍贯，然而阿Q的一无所有终至连通俗的"小说家言"也无从记录，由此而构成对通俗小说程式化叙述的反讽与否定，这反而强化了作品叙述的个性化特征。贯穿于作品中叙述者鲜明的精神气质与理性思考，终于使小说不仅并不"开心"，反而更显沉痛，从而收到了脱俗为雅、化腐朽为神奇的效果。与此稍为不同，许地山的小说创作并不完全摈弃通俗的形式。他写言情小说常化用通俗的"传奇"笔法，但能自出机杼，推陈出新。发表于《小说月报》上的《命命鸟》、《商人妇》、《换巢鸾凤》等作品，同样是婚恋题材的言情小说，并且采用通俗作品常用的重故事形式的"传奇"笔法，但却用了不同的艺术处理。他不像当时一般作家那样，往往把小说写成男女相悦相恋，后受外界压力而被拆散便算完事，而是更进一层，以自己一套不同凡俗的人生哲学将故事改为别具一格的情节，给人以"陌生化"的美感。如在《命命鸟》等作品中，那种男女相悦相恋被拆分开的流行言情模式,被作者化为男女相悦相恋殉情超脱的结局,致使作品染上一层不同凡俗的光泽,因而收到了化俗为雅的创作效果。类似的还有郁达夫。他的作品染有或多或少的洋场才子情调,《茫茫夜》等小说甚至涉及通俗小说常写的嫖妓题材,但因作者不拘俗套,在小说叙述中真诚坦露自我的个性化情绪与内心苦闷,净化无聊的俗化趣味,凸现失意者不懈追求的凄怆情怀,既获得了读者的同情,也取得了化俗为雅的品格。总的看来,这时期通俗小说的潜在作用日益促成雅小说写作者走向分化,雅的更雅,俗的更俗。现代雅小说的俗化进程由此开始显山露水,并预示着通俗形式趣味即将对雅小说创作更为广泛而深刻的介入。

第二节
"五四"后通俗小说对政治式
写作的形式渗透

"五四"后期,不少作家仍执意于与通俗流行风格相区别的小说雅化探索,出现了像鲁迅的《示众》、叶圣陶的《潘先生在难中》及郁达夫的《过去》等艺术上炉火纯青的作品。但与此同时,随着文化市场的逐步介入及社会重心由文化启蒙走向社会变革实践的转移,高雅小说的发展却受到更强有力的俗化趋向的挑战。自此,现代高雅小说的历史进程开始转型,并沿着三个不同雅俗方向展开。

其一,社会重心由个性解放向社会解放的"方向转换",迫切要求文学家为动员民众而参与其中,并须更多考虑拟想读者的阅读水平与欣赏习惯。诚如郭沫若坦言,先觉的文艺家须"牺牲自己的个性,牺牲自己的自由,以为大众人请命,以争回大众人的个性与自由"[12]。作家创作视线由此相应地、由以作者为中心向以读者为中心的转换,并直接催化着小说创作由雅向俗的变迁。只是在"五四"后期的理论倡导阶段,此种倾向创作并不多见,只有在蒋光慈的《鸭绿江上》、《短裤党》等小说中才有所体现。由于作者并无坚实的生活体验,因此,叙述者设想向拟想读者表现"革命"倾向时,不得不借用一些通俗文学的虚拟化叙述套路,由此,严肃的话题与通俗的形式叙述开始结合。蒋光慈曾自白:"我曾忆起幼时爱读游侠的事迹,那时我的小心灵早种下不平的种子;到如今,到如今啊,我依然如昔……"[13]事实上,蒋光慈的这些小说,不仅有"侠"的悲壮,也有"情"的缠绵。与鲁迅小说《在酒楼上》着意表现革命者内心精神历程徘徊挣扎的个性化叙述不同,蒋光慈小说《鸭绿江上》明显为特定拟想读者所规约,采用了较为通俗的叙述方式,不但将革命者斗争与生活的外部行动写得相当传奇化,而且还直接化用通俗文学中"刚侠柔情"叙述模式,既描绘了革命者决心为国献身的刚毅,更渲染了革命者男女情爱生离死别式的缠绵,可以说开创了"方向转换"途中现代小说艺术俗化风气之先河。"五四"后,这一风气之所以一度得以蔓延流行,还有赖于对另一通俗文学基本模式的移用。当蒋光慈在《野祭》等作品中,在"刚侠柔情"模式基础上又融合"三角恋爱"的通俗叙述模式时,其作品才更引起强烈的反应,并导致了"革命+恋爱"小说的风行一时。从文学史角度看,这种利用通俗形式表达个人的社会思考与革命情绪的小说写作，自梁启超即已开始。梁氏出于"新民"之需，欲以小说的通俗化叙述传达其"政治改良"的思想，结果只留下半部难以卒读的《新中国未来记》。其原因在于，通俗性叙述的程式化特点虽然易于沟通民众，但难以艺术地融合严肃而深切的个人化体验与思考，运用不当易使作品思想与形式相分离。蒋光慈的创作无疑犯了类似的毛病，其小说虽较流行，但作品思想显然与个人生活体验之描写相脱节，从而只给人以虚幻直白的"浪漫谛克"印象。这也足见对通俗形式的利用并非轻而易举。或许，正因如此，才致使人们在 30 年代文学"大众化"讨论中显得相当谨慎。尤其在小说创作实践领域，这种俗化倾向终究未能彻底而全面展开。只是由于部分作家创作中拟想读者的"大众化"转移，其作品才相对淡化了以个性化叙述为中心的雅化探索。这一在叙述"个性化"与"大众化"之间游移不决的创作心态，因 40 年代前后民族战争的风云突起才有所改变。战争文化的规范使得"大众化"叙述倾向迅速强化，它要求基本排除个性化的叙述话语，而将之统一到现实中心话题上；在形式上，进一步将 30 年代悬而未决的"大众化"问题明确清晰地落实到"民族形式"之路上。因此，走上了一条消弭雅俗界线的小说创作之路。赵树理的小说就是其中突出的代表，他的作品，已开始化解蒋光慈小说中个性化思想情绪与程式化叙述形式相抵牾的紧张关系，以"大众化"的民族形式表达"大众化"的现实内容，作品更显和谐，也更为传统。

第三节

"五四"后通俗小说对"海派"小说
类型变迁的催化

　　其二,相对来说,自"五四"后期因文学商品化倾向加剧而引起的小说俗化发展趋势较为复杂。沈从文对此曾有回顾:"所以新文学运动基础在北方,新书业发轫也在北方。但这种事到后却有了变迁,从民国十五年起,中国新兴出版业在上海方面打下一个商业基础后,北平这个地方就不大宜于办文学杂志了。"(14)这时,连"被推为新文艺书店老大哥的北新书局"(15),也于 1925 年将总店从北平搬到上海。加上一大批文化名人的日益加盟,此时,上海事实上已成为新文学的中心,由此,文学风气也发生变迁。更为频繁的文学与商业的联姻,也给雅俗小说的交流创造了一个绝佳的机会。对此,沈从文这样认为:"中国新文学因北平转到上海以后,一个不可免避的变迁,是在出版业中,为新出版物起了一种商业的竞卖。一切趣味的俯就,使中国新文学,与为时稍前低级趣味的海派文学,有了许多混淆的机会,因此影响创作方向与创作态度非常之大。"(16)其中,最引人注目的自然是张资平。如果说此前张资平部分作品尚有几分抒写自我的艺术因素,那么此时几乎已丧失殆尽。在商业化写作方式的怂恿下,他一跃而成为编造"三角"、"四角"恋爱小说的专门家。这些作品,如《飞絮》、《苔莉》等,所写往往是表弟表嫂同房之类的故事,而且渲染的手法比纯正的"三角恋爱"通俗小说,更为新颖细致和刺激,作品流露的"低级趣味"也更显油滑做作和露骨。这种媚俗化创作倾向也曾一度传染于创造社后期的一些"小伙计"们。周全平等怀着愤世疾俗的心态,在小说创作中一面谈"灵",一面谈"肉",把通俗小说中只见恋爱回避性爱的含蓄与保守,转化为回避恋爱只写性爱的直露与偏激,其标新立异的"新潮"见地同样取得哗众取庞的媚世效果。这一将通俗趣味与形式推向极端的媚俗化创作倾向,事实上也反映出部分作家,初受文学商品化潮流冲击后无所适从的茫然与凌乱。在浓郁的商品化氛围中,他们不得不学习些商气,采取一点通俗化叙述形式,便于立足文化市场。"创造社"中的这些小伙计们,一般也不缺乏高雅文学创作的才力,但由于深负生活重压,又直接置身于浓郁的商品化文化市场,在大众文化市场与流行趣味的驱使下,他们有时干脆"下海"。事实是,自20年代以来,深处上海的现代小说家都同样面临相似的生活与艺术矛盾。除却少数"五四"文学名流和元老可以名家身份坚持雅化写作,其他的一般后起之秀和晚辈或多或少存在俗化写作的成分。正如韩侍桁指出的那样:"上海比中国旁的城市商业气重,生活较为困难,文人为想生活不得不学习些商气……"[17],但在这一点上,他们本身却缺乏优势,通俗小说家对都市大众生活与通俗文化趣味的谙熟决非他们所轻易赶得上的,因此在借鉴通俗艺术形式时,他们常又会将之无节制地极端化。稍微有所不同的是稍后的另一类创作——即《现代》杂志上施蛰存、穆时英、刘呐鸥等人的作品。与前类媚俗化倾向作家取媚读者阅读趣味的写作方式不同,他们更以自己的艺术新潮实验立足文坛,致力于小说艺术表现域的拓宽与创新,使作品能较多摆脱通俗形式的纠缠。不过,这并不意味着与商品化市场及大众通俗趣味了无关系。首先,这些作品的出现与存在,仍然受制于商品化逻辑中物以稀为贵的原则。施蛰存这样回忆:"我和现代书局的关系,是佣雇关系。他们要办一个文艺刊物,动机完全是起于商业观点。但望有一个能持久的刊物,每月出版,使门市维持热闹,连带地可以多销些其他出版物。"[18]现代书局老板张静庐正是看到淞沪战后,"上海方面也没有比较像样的文艺刊物",才决定"立刻出版一种纯文艺刊物"[19],同时,杂志编辑才有"独立自主的权利"[20]。正是这一独特机遇保证了现代主义倾向的自由探索。其次,这些作品的流通仍须参与市场竞争,这直接涉及《现代》杂志及其所载作品的生存,因而编辑者才不断地以"特大号"等花样去扩大销路[21]。这也是这类作品对新奇的"都市风景线"特别关注的原因。《现代》杂志的出现,说明了商品化文学巨潮中,高雅文学也有存在的可能性。在普遍俗化的小说创作中,有时反而能潜在地驱迫高雅小说的产生。不过,即使如此,在此种氛围中的高雅小说,仍有时与通俗趣味或风格存在千丝万缕的联系。施蛰存、穆时英等的创作,对历史人物与都市男女潜意识心理与感觉的专心捕捉,一定程度上也受大众读者追逐新鲜时尚阅读心理的潜在规约。因此,这类创作虽具雅文学品性,但与其说完全超越了文学商品化的规约,不如说是对它的一次成功挣扎。这是对存在于商品化文化市场求新规则与物以稀为贵逻辑缝隙中的脱俗求雅文学创作空间的一次准确把握。这类写作方式一旦作者失去艺术探索实验的锐气或自觉,其作品难免会走向俗化之路。如穆时英写国际间谍的《某夫人》,就有侦探小说快节奏变化的叙述方式,《红色女猎神》则有电影故事紧张而趣味的风格。其间都流露出对大众流行趣味的附会。沈从文论穆时英,认为"'都市'成就了作者,同时也就限制了作者"⁽²²⁾,可谓恰当公允。

自然,像穆时英这种都市商品化环境中写作的两难处境,也是当时一般作家共同面临的难题。就连以高雅品格追求自居,并引发那场著名的"京派"与"海派"之争的沈从文,也坦然承认北方文坛"海派"习气的存在:"海派作家及海派习气,并不独存在于上海一隅,便是在北方,也已经有了些人在一些刊物上培养这种'人材'与'风气'⁽²³⁾"。事实上,即使沈从文本人在早期也无法完全拒绝沾染其气息。关于这一点,施蛰存就曾指出:"由于要在大都市中挣扎生存,从文不能不多产。要多产,就不能不有勉强凑合的作品。"⁽²⁴⁾面对通俗文化市场与通俗文学的压力,他们时而想超越它,时而又不得不迁就它或自觉不自觉地迎合它,接受其趣味形式的渗透。即如前述媚俗型作家,有时也能写出相当严肃雅致的作品。因此,这就造成了他们一身兼有雅与俗两副笔墨的创作现象。只不过,他们有的趋向于"雅",有的又趋向于"俗";有时趋向于"雅",有时又趋向于"俗",从而徘徊于雅俗之间。对上述情形试图超越的是稍后的另一批作家,如徐訏、无名氏及张爱玲等,他们的创作历程不同于在雅俗之间钟摆式左右摇晃的写作方式,更具有前后一致性和稳定性。但其作品却更复杂,以致于人们一直众说纷纭。徐訏、无名氏,时而被称为"后期浪漫派",时而又被冠之"现代派",还被认为"是遣送时间的消闲书"⁽²⁵⁾。而张爱玲,人们一度习惯于将她与钱钟书、沈从文相提并论,但也有论者,如傅雷,却认为她的不少作品"走上了纯粹趣味性的路"⁽²⁶⁾。这种种批评的歧异,无疑多少反映出人们惯于从单一的雅文学或俗文学眼光看其作品单纯雅致一面或单纯趋俗一面的思维惯性。为此,当年的张爱玲就曾表示不满,她说:"我的作品,旧派的人看了觉得还轻松,可是嫌它不够舒服。新派的人看了觉得还有些意思,可是嫌它不够严肃。但我只能做到这样,而且自信也并非折衷派。"[27]她将自己的小说与人们看惯了的严格的雅文学与俗文学甚至雅俗合一型文学划清界限。看来,对这类作品性质进行些重新定位并非多余。从文学史进程视角观察,这些作家作品其实是现代文学商品化后期阶段的产物。面对通俗文化市场与文学形式的压力,他们不是取忽离忽合,时而反抗时而迁就的方式,而是一直较明显地顺从它,以获得文本表层意义的"俗"化品性,取得文本生存资格;同时又在文本深层意义上化入自己个性化思考与创造,完成文本的艺术升华。正像张爱玲所言:"将自己归入读者群中去,自然知道他们所要的是什么,要什么,就给他们什么,此外再多给他们一点别的——作者有什么可给的,就拿出来。"[28]唯其如此,他们的作品大多在通俗性或流行性杂志及报纸副刊上发表,其表层趣味与形式首先与这些文学载体的大众通俗性相契合。如载于《扫荡报》副刊徐讦的《风萧萧》,作品中抗战加言情,再融合侦探间谍故事的主叙述框架,正是当时多种大众流行趣味的叠合,其中多角"恋爱"的形式、悬念倒叙与错觉手法的复合交错,无疑又比一般通俗文学形式更富传奇色彩,也更能煽动读者波澜起伏的情绪感应。而融化其间的叙述者诸多人生哲思,又使通俗的情绪渲染在雅致的理性揭示中让人回味咀嚼,作品由此实现由俗向雅的升华。张爱玲则稍稍不同。如果说徐讦、无名氏等的作品,对通俗形式的过分依赖,常使小说掩饰不住受俗化形式与趣味渗透的痕迹,因而多少表现出以俗化雅的特点,那么张爱玲小说则对通俗形式与趣味有更多的消解。她是在写"俗",但同时也在写"雅";她并不刻意追求高雅的理想人生哲思,却能边"传奇"边品味,边叙述生活边营造艺术。以自觉沟通俗众趣味与形式的姿态,专注于"温婉,感伤,小市民道德的爱情故事"[29],并常以"三角"或"四角"恋爱的主叙述框架,构成她作品文本表层的形式特点;同时,她又从生活出发,逼真描写这多角恋爱故事的千差万别及独到意味,在似乎俗化叙述的流程中,贯注着叙述者个性化的苍凉生命体验与感受。有时令人难以分辨,这究竟是在传俗众之"奇"抑或道雅者之"趣",颇有唐人传奇之风致。上述商品化环境中的种种写作倾向,反映了现代通俗小说对雅文学创作较为完整的渗透与冲击过程。它不只体现出此前"五四"通俗小说那样的,对部分无力雅化探索作者的围逼和降伏,还反映了在文化市场强有力介入下,部分雅文学作家对通俗形式,发生由困惑、迎合到挣扎与适应等的诸多变化,因而出现了形态各异的多种写作类型。

第四节

"五四"后通俗小说对自由式
高雅化写作的艺术影响

其三,对于完全坚持雅化探索的作家来说,如果说此前的"五四"作家尚存鲁迅式的几乎可以完全超越现代通俗小说流行风格的纯粹雅化之作,那么此后的作家却几乎做不到。在通俗文学与雅文学俗化趋向的双重压力下,小说的雅化探索,实在无法完全忽视通俗形式的存在和压力。20 年代末写作《蚀》三部曲的茅盾,在表现严肃的革命话题时,也得化用恋爱甚至三角恋爱的叙述方式。只不过作品不像张资平与蒋光慈小说那样,单纯赋予其娱乐媚世或政治教化功能,而是从人性、道德、历史等多重角度透视这个"三角"关系,使其具有丰富深刻的内涵。这种化俗为雅的写作方式,正是"五四"后坚持小说雅化探索作家们的又一特征。叶紫的《星》、巴金的《家》、老舍的《骆驼祥子》、李劼人的《死水微澜》,甚至沈从文的《边城》、路翎的《饥饿的郭素娥》、钱钟书的《围城》等作品,几乎都可以发现其对通俗形式的化用,特别是对刚侠柔情模式、浪漫爱情传奇模式及三角恋爱模式或明显或隐弊的借鉴与改造,其方式大致上是既入乎其内又出乎其外,即依据作家各自独特的人生体验及文化艺术审美个性,对通俗形式进行富有创造性与个性化的择取翻新。即如沈从文所言:"文学在这时代虽不免被当作商品之一种,便是商品,也有精粗,且即在同一物品上,制作者还可匠心独运,不落窠臼。"(30)在难以彻底摆脱通俗形式与模式渗透的情况下,也只有别出匠心地改造,使之化俗为雅。如同是浪漫爱情传奇模式的化用,叶紫的《星》通过梅春姐与两个不同男人的情爱纠葛,展示了农村女性人性与反抗意识的觉醒;巴金的《家》通过都市青年恋爱的悲欢离合,达到了控诉旧文化礼赞新文化的目的;而沈从文的《边城》,则通过相对闭塞地区传奇化纯粹爱情的描写,张扬了极致的人性美与人情美,三者经"匠心独运"的创造,显示了异曲同工的雅化效果。显然的,这样的艺术处理需要有足够的文化艺术素养与才气。在似乎顺手拈来的艺术叙述形式中,往往贯注着我行我素自然天成的大手笔,叙述者自我的情绪理性及审美旨趣无往而不入,因而即使触及了通俗形式,却仍能突破通俗形式的束缚。这种化俗为雅的写作方式与"五四"时许地山、郁达夫等一脉相承,却颇有别于以俗写雅的张爱玲、徐讦及无名氏。后者自觉地顺从"俗",用以雅返俗的方式实现由俗趋雅的升华;而前者不经意地化用"俗",用以雅化俗的方式最终实现化俗求雅的效果。然而,无论前者抑或后者,虽然是自觉或不自觉地"妥协"于"俗",但又都能"超越"于"俗",从而与前者"脱俗求雅"型作家作品一起,构成现代文学商品化极致时期,高雅小说不同雅俗层次的三种基本形态。

第五节

现代通俗小说对高雅小说艺术
潜在影响的一般规律

上述分析说明,现代通俗小说对高雅小说艺术的驱迫影响,读者和文化市场的双重中介也起着相当的作用,不过更为复杂。严格地说,那些坚持小说雅化探索的作家并不太多顾及大众阅读趣味与通俗报刊的流行风格。因此,这个双重中介的影响作用对他们不甚明显;但对于那些受俗化冲击的作家来说,由于要较多考虑到大众读者的接受特点和通俗报刊的宗旨性质,因此,他们对通俗形式的吸收就常须经读者与文化市场的调节。特别是,当社会政治或战争文化迫切需要他们更多考虑读者的阅读特点时;或者文化市场的极度强化使他们的创作与生存直接发生密切联系时,这双重中介的作用就更强有力地昭示出来,驱逼其创作艺术发生改变。

其次,比较而言,现代高雅小说对通俗小说艺术的驱逼影响,主要表现为使之沿现代审美化与现代通俗化两个方面发展的功能。一方面,现代高雅小说的发展,迟早使得大众读者的艺术审美趣味渐次得以提高,从而迫使通俗小说为适应这一现状而强化审美品格。从南派小说到北派小说,再到之后的港台新派言情武侠小说,正体现了通俗小说沿现代审美化方向渐次提高的趋势。另一方面,随着现代高雅小说及其俗化进程的展开,部分较有时代感的通俗小说读者发生由俗趋雅的转向,这迫使通俗小说须进而寻觅、吸引新型的现代大众读者,通俗小说为保存或扩大读者市场,在艺术上又须千方百计创造新型的现代通俗化叙述类型与叙述方式。从文白夹杂的(狭义)"鸳蝴派"小说,到白话与大众语的现代言情、武侠小说,再到言情、社会、武侠小说的综合化,直到与电影、电视和电脑的融合,正显示了这类小说沿现代通俗化方向不断发展的进程。现代审美化与现代通俗化的同步运行与交相渗透,构成了现代通俗小说总体艺术水平的螺旋式上升。类似地,现代通俗小说对高雅小说艺术的驱迫影响,也主要表现为使之进一步沿雅化与俗化两个方面发展的功能。一方面,通俗小说的发展常吸收雅小说的某些探索成分,并使之程式化、固定化,不再具有陌生化的先锋意味,从而驱使高雅小说作出再探索;另一方面,在通俗小说潜在压力的围逼下,一些高雅作家因自身素质、社会政治与商品化等因素的介入,无力或无意再进行雅化创造,从而吸取借鉴通俗小说的趣味与形式,走向俗化之路。这种雅化与俗化并存的历时性推进,使高雅小说界整体艺术水平也走向提高。但在共时性层面,不同于通俗小说的是,无论雅化或俗化发展形式,均有更多类型的写作方式。除了因文化市场牵引,出现与通俗小说庸俗化相似的、具有负面影响的媚俗化类型(如张资平)写作方式外,至少尚存在如下几种类型:1. 纯粹雅化型。如鲁迅等部分小说艺术探索者,几乎以彻底超越的姿态,拒绝与否定通俗流行趣味与形式的渗透,而更仰仗其高深的中外雅文化与艺术素养,进行高度个性化的小说叙事及特立独行的艺术创造,其小说文体更多地体现出对其他雅文化类型思想艺术的"拿来"与择取,因而往往呈现出诗化、散文化、心理化、哲理化与先锋化等特点。2. 化俗为雅型。如郁达夫、许地山、茅盾、巴金、沈从文等作家,他们间或化用某些通俗模式,但能不被局限,而是以自己雅致的审美艺术眼光,自然消解俗套的规范与意义,并从中铸造出富有个性化与创造性的新型艺术形式,虽然比起纯粹雅化的鲁迅小说显得较为易解,但也不失顺手拈来自然天成的大家风范。3. 脱俗求雅型。如施蛰存、穆时英、刘呐鸥等作家,处于商品化文学环境中外文化互为开放与交流氛围中,能站在"现代"先锋文艺的新潮之上,实验着几乎与 30 年代世界文学发展新趋向同步并行的小说探索,其作品,题材新、观点新、写法新、形式新,以别具一格、标新立异的面目立足当时文坛,脱离流行俗套的规范。艺术上,这些小说虽有刻意求工的斧凿痕迹,但其突出的创造性却令人耳目一新。不过,在求雅乏力之际,其创作有时也会汇入都市小说的流行色之中。4. 以俗写雅型。如徐訏、无名氏与张爱玲等作家,其创作往往由"俗"写起,首先实现文本沟通俗众的初级功能,尔后才是由俗向雅,在文本深层面表现出叙述者的个性思绪。因而其作品具有明显的层次性特点,往往能满足不同层次读者的阅读需求,仁者见仁,智者见智,但又不同于单纯的雅俗折中与合流。不过,不同作品叙述者的个性化投入也并不一致,即如同一作家,像张爱玲,其作品有的呈现出大俗大雅的风姿,有的也只做到俗不伤雅的地步。5. 雅俗合一型。如赵树理及稍后的一批作家,为贴近民众、教化民众,努力实践一条将严肃内容与通俗形式相结合的路。其方式为,以民众喜闻乐见的俗化形式融合严肃的时代中心话题,使作品易解易读;同时,贴近现实的叙述内容多少又融化了"俗"化艺术的陈套旧式,使之推陈出新,由此,以俗化雅,以雅化俗,雅俗合流而发展。

再次,高雅小说对通俗小说艺术的借鉴,对于坚持雅化探索的纯粹雅化型、脱俗求雅型、化俗为雅型等作家来说,其作品较少受通俗流行模式的渗透,即使偶而化用,也往往经改造和创新,仍不失作品本身的高雅品性。但对于受较多俗化冲击的创作来说,过分的依赖通俗形式,有时不免会丧失作品本身的高雅品性,至少媚俗型的张资平等的小说就是这样。不过,这类创作也并非对通俗形式进行简单移植,如张资平小说中的"三角"模式,其实与通俗小说的"三角"并不一致,虽仍不失娱乐这一基本的"三角"功能,但无疑走得更远,写法也更新。那油滑的逗趣、肉感的刺激及细致的文字渲染,都是一般写"三角恋爱"通俗小说家所望尘莫及的。

结合上一章,可以看出,现代雅俗小说艺术之间间接性相互交流与影响,既有正面的促进作用,同时也伴随着负面的消极效应。首先,它作为现代小说艺术发展的动力之一,显然有其正面意义:一方

— 141 —

面在历时性层面促进雅俗小说整体艺术水平的螺旋式上升,另一方面又以相互交流的方式形成雅俗不同层次与类型的小说作品,在共时性层面满足社会与读者的多层次需要。其次,现代雅俗小说相互交流的展开过程中,因文化市场的牵引,有时会产生通俗小说庸俗化及高雅小说媚俗化的负面效应现象,前者以冯玉奇部分小说为代表,后者以张资平部分小说为典型。这些"伪劣产品"的存在,一定程度上既有损于现代小说的发展与声望,也不利于社会读者的文明与健康。正因如此,一方面既须保证雅俗小说的正常交流,另一方面也须防止出现负面效应。

上述雅俗小说艺术相互交流与影响的中止是在50年代以后。随着大陆计划经济模式的逐步推行及意识形态对文化艺术的进一步渗透,中国小说发展急剧变迁。一大批现代通俗小说家此时纷纷搁笔或改从它业。严格意义的通俗小说因失去"市场"而不复存在。同样,一大批现代高雅小说老作家也纷纷停止小说创作,取而代之的是另一批新型作家。其中的一部分,也曾试图进行高雅小说创作,如王蒙的《组织部新来的青年人》、茹志鹃的《百合花》等,但终因不合时代潮流而不久就归沉寂。至此,中国小说除港台地区外,已无严格意义的雅俗小说可言,当然也无所谓雅俗小说的互为交流了。但是,这不是说现代雅俗小说艺术就此荡然无存,恰恰相反,两者经奇妙地变形而更紧密地胶合在一起,形成雅俗合一型小说,并一统天下。这类小说,除了体现浓郁的意识形态性以外,比起现代高雅小说来,明显地弱化了个性化叙述特征,而强化了读者意识,只不过此时的读者,已由过去通俗小说的"大众"变而为现实生活中的"人民群众",艺术上鲜明地昭示了以文人独立思索与创造为特征的现代高雅小说艺术逐渐接受"人民"普泛一统的审美艺术习惯与趣味改造和融合的过程。80年代以降,随着大陆社会重心由政治向经济转型、文化由单一封闭走向开放多姿,中国小说才重现雅俗分流发展的格局。从港台输进的通俗小说如金庸、三毛等作品与王蒙、刘心武等小说共存共荣。乍看,两者之间说不上多少的交流,其实,仍然存在深刻的潜在影响。港台通俗小说承继大陆现代通俗文学余绪,又开放吸收诸多20世纪后半叶国际文化新潮流,表现出的现代开放意味与个性色彩,与王蒙、刘心武等人的创作遥相呼应,并提出一个高雅小说如何迎接国际文化新潮、超越通俗小说驱逼的严峻课题。80年代中期兴起的"寻根小说"与"现代派小说"思潮与此不无相关。但当这种小说力图回归艺术自身、走向纯正雅致之时,通俗小说的巨潮已然呼啸而至,连学术界也不得不作出回应并认真讨论。至此,小说发展体现了与"五四"时相似的雅俗分流的并存格局及结构特征,高雅小说的生存空间日益退守"学院"之中,通俗小说则几乎伸张至大众阶层的每个角落。不同于"五四"的是,高雅小说家因匮乏"五四"小说家那种文化大师风范,继续雅化的探索充满艰辛;通俗小说则联合其他通俗文化艺术,在电子传媒效应作用下,比"五四"通俗小说更具辐射和蚕蚀力度。于是,随着80年代末社会文化的一度转折,及90年代初商品经济大潮的再度涌起,一场小说的俗化运动终于无可避免地展开,连曾一度致力于雅文学探索的贾平凹,也推出一部具有流行性及大众轰动效应的《废都》。而被批评家们冠之以"新写实"、"新体验"、"新状态"、"新历史"等名目的小说类型,正是90年代小说发展的主流新潮,这些作品在力图沟通俗众生活与阅读的同时,仍不忘注入自我的观察、想象和体验,它们在雅俗艺术间的种种徘徊与选择,似乎体现了不同于80年代小说的一个"新"字,却又让人无法不遥想当年"海派"文学演变的一幕幕。90年代小说,终因匮乏鲁迅式的纯粹雅化之作,多少让人遗憾;但终于已很少再有作家走进"雅俗合一"的窄胡同,又多少使人庆幸。

注释:

(1)、(3)鲁迅:《〈呐喊〉自序》。

(2)参见《鲁迅书信集》上卷,第23页,人民文学出版社1982年6月出版。

(4)鲁迅:《〈中国新文学大系〉小说二集自序》。

(5)茅盾:《〈中国新文学大系·小说一集〉导言》。

(6)郎损:《春季创作坛漫评》,《小说月报》12卷4页。

(7)、(8)、(9)郎损:《评四五六月的创作》,《小说月报》12卷8号。

(10)张资平:《我的生涯》,广雅书局1932年版。

(11)鲁迅:《〈阿Q正传〉的成因》,《鲁迅全集·华盖集续编》。

(12)沫若:《〈文艺化集〉序》,《洪水》第1卷第7期。

(13)蒋光慈:《鸭绿江上·自序诗》,上海亚东图书馆1926年1月出版。

(14)沈从文:《对于这新刊诞生的颂辞》,《沈从文文集》第12卷,花城出版社1984年7月第1版。

(15)张静庐:《在出版界二十年·回光返照与黄金时代》,上海杂志公司1938年出版。

(16)沈从文:《论中国创作小说》,《沈从文文集》第11卷。

(17)韩侍桁:《论海派文学家》,1934年9月上海良友图书公司初版《小文章》。

(18)、(21)施蛰存:《沙上的脚迹·(现代)杂忆》,辽宁教育出版社 1995 年
3 月版。

(19)张静庐:《在出版界二十年》。

(20)施蛰存:《沙上的脚迹·我和现代书局》。

(22)沈从文:《论穆时英》,载同(16)。

(23)沈从文:《论海派》,载同(14)。

(24)施蛰存:《滇云浦雨话从文》,载同(18)。

(25)周锦:《中国新文学史》,台湾长歌出版社 1977 年 1 月版。

(26)傅雷:《论张爱玲的小说》,《张爱玲文集》第 4 卷,安徽文艺出版社
1992 年 7 月版。

(27)张爱玲:《自己的文章》,载同上。

(28)、(29)张爱玲:《论写作》,载同上。

(30)沈从文:《〈从文小说习作选〉代序》,载同(16)。

○ 第五章

小说雅俗类型的典型分析

第一节

纯粹雅化的鲁迅

鲁迅,作为现代高雅小说的开创者,竟然成为20世纪中国小说的一座高峰,是一个让人惊叹又值得回味的文学史现象。他集历史巨变时代文化精华之大成,创造出大雅精美的艺术风姿,给人以无尽的解读意蕴。从艺术的雅俗化角度看,鲁迅小说无疑是属于纯粹雅化的那一类。他作品中的叙述者往往站在现代新式知识分子精英者立场,对迫害新式知识精英的伪道学家与权贵的浅薄予以否定,对"愚弱"国民则"哀其不幸,怒其不争",对清醒的知识精英上下求索的寂寞、迷茫和忧患予以深刻同情,从而表达了在"愚弱的国民"占多数的国度里,"新的生命"诞生的必要与艰难主题。

这种大雅者的叙述立场决定其小说创作与"俗"的成分相离,艺术上走向纯粹雅化的一路。

在《呐喊·自序》中鲁迅这样写道:

"我于是用了种种法,来麻醉自己的灵魂,使我沉入于国民中,使我回到古代去,后来也亲历或旁观过几样更寂寞更悲哀的事,都为我所不愿追怀,甘心使他们和我的脑一同消灭在泥土里的,但我的麻醉法却也似乎已经奏了功,再没有青年时候的慷慨激昂的意思了。……是的,我虽然自有我的确信,然而说到希望,却是不能抹杀的,因为希望是在于将来,决不能以我之必无的证明,来折服了他之所谓可有,于是我终于答应他也做文章了,这便是最初的一篇《狂人日记》。从此以后,便一发而不可收,……"

"沉入于国民中",在当时鲁迅的心底里其实意味着沉入于"即使体格如何健全,如何茁壮,也只能做毫无意义的示众的材料和看客"及需要"改变他们的精神"的愚弱国民阶层。鲁迅用"麻醉法"使自己"沉入于国民中",一方面说明他深深感到自己在愚弱的"国民"普泛存在中的孤独与无援境地,另一方面也说明他深深感到改造"国民"精神之艰难后的绝望心态。但是,这种"麻醉"并不真的意味着鲁迅由"雅"而"沉入于""俗"。在他的骨子里,仍有"不能抹杀的""希望",只不过这"希望""是在于将来"。因此,鲁迅的"麻醉法"不但说明他的不甘于"俗",而且说明了他与"俗"的格格不入,以及能着眼未来的长远目光,摆脱现实之"俗"的纠缠,从而达到彻底超越于"俗"的大雅境地。《呐喊》与《徨》的艺术精神,在某种意义上正是这种"雅"对"俗"较量、抗争、同化、超越的心灵呈现。这在他的两篇名作《狂人日记》与《阿Q正传》中表现得最为典型。

一

《狂人日记》的诞生,是鲁迅大雅文化艺术积累的一次喷发,它深刻地烙上了鲁迅自身的印记,一定程度上也可以说是鲁迅精神历程的一次象征性"叙述"。早在晚清时期,鲁迅的文化眼光就已表现出不同于当时一般学人的超凡卓绝。他在《人之历史》、《文化偏至论》、《摩罗诗力说》等文中提出"掊物质而张灵明,任个人而排众数"及"立人"等主张,不仅已含"人"的发现意味,更显示出作为知识精英的思想家,面对"国民"在大转型时代历史走向中的漠然与无知时,所表现出的深层忧虑。陈独秀曾指出,近代知识分子意识觉醒的历程,即科技之觉醒、政治之觉醒、伦理之觉醒,伦理之觉醒为最后的觉醒。鲁迅在晚清时的思想,事实上已属伦理之觉醒层次,比起同时代一般知识者,他无疑醒得更早。在这个意义上,鲁迅是"寂寞的",他的"寂寞",是文化先驱远远的超前思索而产生的孤独无奈与无援感。正如《野草》中那置身于"沙漠"、"废墟"与"荒原"之上的孤独的精魂,时时显示出处处被围困、又处处无归宿的苍凉。于是,处于被"铁屋子"围困的"这不幸的少数者",就常常不被理解或被误解甚至被视为"疯子"。鲁迅曾亲身耳闻目睹章太炎先生被人叫做"章疯子"的事实,对这种"'多数'的把戏",曾予以深刻批判,鲜明地表现出对先驱者探求的至深理解和同情。当他把这种深刻超远的大雅者体验与思索化而为艺术,就成了那篇震撼 20 世纪中国文坛的《狂人日记》。

　　"狂人"者谁? 一切如鲁迅那样的先驱者是也。中国是一个产生"狂人"的国度,从庄子到李贽,从章太炎到鲁迅,历时几千年。因此,"狂人"形象既是现实中这类人的典型概括,也是历史上这类人的概括,当然,这类人还可以理解得更宽泛些。

　　"狂人"的性格,通过他对与他发生冲突的周围其他人的观察、思考和规劝中表现出来。其特点是,他并不计较个人安危,却时时充满忧患与焦灼之心,忧患现实,忧患历史,忧患未来。在"狂人"看来,那些异己的众多迫害者,虽然显得昏然麻木,但又具有一种可怕的心理和力量。他们非但不听"狂人"清醒的忠告,而且还把"狂人"的一切思想作为疯言疯语而加以有意忽略。当"狂人"的"呐喊"动摇其规范的生存方式与传统时,他们就设法加以囚禁,加以迫害,直至其缄默,甚而至于自戕,因为"他们的方法,直捷杀了,是不肯的,而且也不敢,怕有祸祟"。他们无法接受"狂人"那与习惯相违、与"一般"相异但又无比准确、击中要害的刺耳的声音,他们视之犹如洪水猛兽,因而有意无意间联合起来加以打击,加以迫害。"所以他们大家连络,布满了罗网"。他们随时可能使"真的人"患上"迫害狂",随时使"真的人"可能"被吃",从而,构成一个强大的集体同盟,形成一种强大的集体无意识。在这种势力的存在与打击下,"狂人"纵然拥有深刻的洞见,也只能处于社会的边缘,远离这种势力控制下的社会中心。并且,这种势力之强大,还不仅表现在将"狂人"逼向社会边缘,更表现在将"狂人"逐步同化,使之由"狂"而转"正常":

"不能想了。

四千年来时时吃人的地方,今天才明白,我也在其中混了多年……"

在无形的压力下,"狂人"于不知不觉间被消灭,从而使社会"难见真的人"。于是,在没有"狂人"的世间,再也没有那些刺耳的反叛与批评之声,再也没有那些会"狂"想"狂"喊的鼓吹之音。世界变得"稳定"而安逸,历史成为一场由"'多数'的把戏"构成的轮回与循环。因此,"狂人"的"日记",事实上又是一部精英者命运的传记,也是一部精英者无力回天、"多数"操纵历史的悲剧史诗。它揭示的是,由"多数"构成的世俗之漠然、强大与难以变更,及世俗对"少数""雅"言的压制、专政与分化。它所希冀的是,产生"真的人",从"救救孩子"做起,改变世俗的传统性质,使社会与历史走向能寄纳"雅"气、顺应"雅"言发展的正常之路,从而获得新生。在这个意义上,"狂人"的悲剧、忧患与希冀,也是历史的悲剧、忧患与希冀,在"狂人"与"历史"之间,隐约可见民族灵魂的深处。

如果我们再比较鲁迅此一时期的其他思考,或许,就更能看清《狂人日记》的深层隐寓。鲁迅一向认为,无"人"便无所谓"国"。"想在现今的世界上,协同生长,挣一地位,即须有相当进步的智识,道德,品格,思想,才能够站得住脚:这事极须劳力费心"[1]。这种对"人"的培养的呼唤,正是出于对"国"之存在延续的"大恐惧";也是出于对拥有四千年"吃人"历史传统难以改变的深深忧患。这与《狂人日记》的精神内蕴一脉相承,都是立足于希冀"真的人"的存在壮大,并希冀"真的人"成为历史正确走向的引渡者。

《狂人日记》表现出的深沉忧患意识，由于既触及现实，又写尽历史，因而呈现出高度的反省力量。如果联系近半个世纪后，那些"反动学术权威"及"牛鬼蛇神"们的"改造"情形及其命运，就更能看出鲁迅的"大恐惧"的历史意味。新世纪的第一篇现代高雅小说，不幸竟成为一个世纪的寓言，这除了大雅鲁迅，一般凡俗者岂能极尽如此苍凉沉痛的文字！

从哲学层次看，《狂人日记》揭示了一个关乎人与人类存在的命题。在人类历史上，一些离经叛道，独立特行、卓然独创的科技文化思想先驱，往往被凡俗之流视为"狂人"，诗人、哲学家不论，仅科学家行列，就有哥白尼、伽利略、爱因斯坦等。在现世之时，先驱们仿佛都须经忍爱"迫害狂"们的折磨，流俗的拷问，灵魂的摧残，从而注定了命运的悲剧和创造的悲壮。就此而言，《狂人日记》的艺术境界既超越了平凡、超越了历史、也超越了国度、超越了文化。

二

《狂人日记》其实只是鲁迅小说纯粹雅化方式典型之一种，他的另一种方式在《阿Q正传》中表现出来。如果说《狂人日记》中的"狂人"与作品叙述者构成了某种"同构"关系，"狂人"的话语不同程度地代表了叙述者的倾向；那么《阿Q正传》中的"阿Q"与叙述者的关系就显得较复杂。叙述者倾向隐弊得非常巧妙，它通过对"阿Q"言行的反讽叙述体现出来。从表面看，"阿Q"的言行是纯乎客观的写实，叙述者很少参与议论，但写实之中则处处显示叙述者一种立场。

叙述者与被叙述对象之间,是一种大雅者与凡俗者之间的距离关系。在某种意义上,"阿Q"是具体的,也是抽象的,他既代表一般凡俗者,更象征一种凡俗文化。如果说《狂人日记》是从正面叙述的方式反映出作品纯粹雅化的趋向,那么《阿Q正传》显然以反讽叙述的形式折射作品的纯粹雅化风采。

"阿Q"作为凡俗者,其思想的最大特征就是经常地做白日梦,以幻想代替现实,以梦幻代替思考,以梦的甜蜜代替生的苦痛。在《阿Q正传》中,作者详细地叙述了"阿Q"那白日梦般的生活。在作品第二章"优胜记略"及第三章"续优胜记略"中,"阿Q"的梦是"先前阔"与"常优胜";在第四章"恋爱的悲剧"中,"阿Q"的梦是"我和你困觉";在第五章"生计问题"中,"阿Q"的梦是"在路上拾得一注钱";在第六章"从中兴到末路"中,"阿Q"的梦是"村人对于他的敬畏";在第七章"革命"中,"阿Q"的梦是"要什么就是什么";在第八章"不准革命"中,"阿Q"的梦是将不准他造反的"假洋鬼子""告一状"、"满门抄斩"。在第九章"大团圆"中,"阿Q"的梦是"过了二十年又是一个"。

"阿Q"的白日梦从恋爱做到革命,从生存做到死亡。他的一切不幸和失败,都通过做"梦"而转为快意和胜利。甚至,他的言语和行动也是由"梦"来牵引。即使是"革命",也是因为梦想未庄的人都是他的俘虏,他要什么就是什么,喜欢谁就是谁。如此沉浸于梦魇之中,远离严峻的现实之外,醉生梦死而毫不知觉。"阿Q"的"梦"是一种文化,它与"狂人"的疯言疯语所象征的文化正好相反,是20世纪初古老没落帝国愚弱国民的"大众"文化。它深深地印刻着内陆式传统高压统治下民众生存特征的印记，他们在封闭、驯服与愚昧中善于自我满足与自我陶醉。当古老中华帝国中心的梦幻早已被现实击得粉碎时，生活于这个大梦之中的国民，仍然做着各自小小的白日梦幻，自负自傲、自欺自贱，显得多么不合时宜而又令人沉痛。叙述者正是从"白日梦"这一 20 世纪中国大众文化特征的深刻剖示中，画出国民的灵魂与历史行进之艰难。显然地，在这里，叙述者站在历史发展的制高点上，以充满历史主体意识的忧患与深思，将"人"的素质与历史发展相联系，从而与《狂人日记》有异曲同工之妙。《狂人日记》是从"先驱"命运的视角察看历史的悲剧，《阿 Q 正传》是从"大众"生活的展览揭示历史的惰性。"狂人"是因清醒而被逼为"疯"，"阿 Q"是因麻木而走向沉沦。叙述者分别从"雅"与"俗"两个不同侧面的透示中揭示历史的艰难历程。因此，《阿 Q 正传》表面上是将一些无价值的轶闻叙述给人听，颇有喜剧成分；而实质上却是将有价值的历史思考表现给人看，其严肃与沉痛显然更具悲剧意味，同样达到了大雅艺术的境界。

《狂人日记》与《阿 Q 正传》是鲁迅小说纯粹雅化的两种基本类型。鲁迅其他小说往往都采用这两种雅化方式：要么表现"雅"者被逼为"疯"，要么表现"俗"者麻木至"死"。在人物塑造上，前者与"狂人"相似，后者与"阿 Q"相同，从而构成了两大形象系列。"狂人"系列有《长明灯》中的"疯子"、《孤独者》中的魏连殳及《伤逝》中的子君、《在酒楼上》的吕纬甫等；"阿 Q"系列有《药》中的华老栓、《明天》中的单四嫂子、《风波》中的九斤老太、《祝福》中的祥林嫂、《离婚》中的爱姑及《示众》中的"看客"等。

这两类小说的交叉组合,构成了鲁迅小说纯粹雅化的完整体系和内容。"俗"者之麻木逼迫"雅"者之"疯","雅"者之"疯"反衬出"俗"者之麻木;"雅"者之"疯"意味着"雅"者历史主体位置的丧失,"俗"者之麻木意味着由其规范的历史走向的混沌。因此,无论写"雅"者之"疯"抑或"俗"者之麻木,其意义一是呼唤启蒙,以"雅"化"俗";二是呼唤拯救,防止或避免由"雅"入"俗"。两者在本质上,都意在使历史走向"雅"化之途,使之理性地沿现代化之路健全发展,以获新生。

鲁迅小说的纯粹雅化创作,从精英与大众关系的角度,指出了"立人"之艰难及历史之悲壮曲折。这一视角的获得有其深刻的思考作为基础,而决非属于特殊的经验或偶然。他认为,中国"尚物质而疾天才",这种"重杀之以物质而囿之以多数,个人之性,剥夺无余"的现象,容易导致"本体自发之偏枯"。因此,他主张产生"卢梭他们似的疯子"[2],提倡"个人的自大",并对"庸众宣战";反对"合群的自大",即反对"党同伐异",反对"对少数的天才宣战"[3]。他深深体会到后一种"宣战"的厉害:"然而现在社会上的论调和趋势,一面固然要求天才,一面却要他灭亡,连预备的土地也想扫尽"[4],而且,这往往是"俗"者之"愚"对"雅"者之智进行共同专制式的"扫尽"与"宣战",这种"宣战"其实"没有智,没有勇,而单靠一种所谓'气'"。因此,鲁迅认为,这"实在是非常危险的。现在,应该更进而着手于较为坚实的工作了"[5]。他的小说,正是这工作的一部分,即扬"雅"抑"俗",主张以"雅"化"俗",而使"俗"趋"雅",创造一片适合天才与精英生存、发挥其创造历史、创造文明之聪明才智的社会历史的天空,并引领社会大众走向文明理性健康的社会征途。

三

对"狂人""疯话"的肯定及对"阿Q"麻木之否定,显示了鲁迅小说在思想层面的纯粹雅化追求。相应地,对"狂人""疯话"与"阿Q"生存独树一帜的创新性叙述,则显示了鲁迅小说形式层面纯粹雅化的风范。

《狂人日记》采用"日记"体形式叙述。在近现代小说史上,最早使用"日记"体的,并非鲁迅,至少可上溯至徐枕亚。在《玉梨魂》中,徐枕亚以"日记"体的文体形式,华丽多变的骈四骊六,极尽鸳鸯蝴蝶式缠绵抒情之能事。虽然其中不无自我感伤的写照,但那哀情的煽动及由刚侠柔情变体而来的"恋爱＋革命"模式,却使小说风行一时,开创了近现代通俗言情小说之雏形。在这里,正显示了近现代雅俗文学的两种不同文化与艺术渊源。如果说,《玉梨魂》对西方近现代通俗小说《茶花女》等有所承续,偏重于作品的煽情效果,那么《狂人日记》则受西方高雅小说大师果戈里同名作的影响,但又经作者出色的创造。在欧洲文学史上,《茶花女》是相当典型的通俗小说,基本上属于大众文化范畴,它那流行性的抒情方式,几乎开创了近现代通俗言情小说的一种经典模式。而果戈里的作品则是典型的近现代高雅小说创作。它那直面现实的深刻思想冲击力,达到了社会文化批判的相当高度。鲁迅选择并使用"日记"体,但弃俗求雅,这在当时《玉梨魂》那种"鸳鸯蝴蝶"式文风弥漫的语境中,不能不说是一种特立独行的大雅艺术眼光与追求。在《呐喊·自序》中鲁迅这样说:"这样说来,我的小说和艺术的距离之远,也就可想而知了,然而到今日还能蒙着小说的名,甚而至于且有成集的机会,无论如何总不能不说是一种侥幸的事……"他所说的与"艺术的距离之远",事实上正是与当时流行的《玉梨魂》式的小说艺术的"距离之远"。这种与流行模式的截然相异之形式追求,是其形成纯粹雅化艺术的一个方面。

《阿Q正传》使用的则是"传记"体。在中国传统俗小说中,这是一种常见的形式。这种形式往往有娱人耳目、谈资助兴的特殊意味,是千百年来俗文化积淀的产物,无论是开端或结局,往往都有一套固定模式。开头往往是"某生,某处……"等介绍,结局则是"大团圆"。鲁迅虽然采用"传记"体,但不仅完全摈弃其传统俗文化形式意味,而且还以反讽形式达到对其批判之效(参见《现代通俗小说对高雅小说的艺术影响》一章)。如在作品结尾,《阿Q正传》的"大团圆"就颇特别:

"至于舆论,在未庄是无异议,自然都说阿Q坏,被枪毙便是他的坏的证据;不坏又何至于被枪毙呢?而城里的舆论却不佳,他们多半不满足,以为枪毙并无杀头这般好看;而且那是怎样的一个可笑的死囚呵,游了那么久的街,竟没有唱一句戏:他们白跟一趟了。"

这个结局,把传统文学"大团圆"形式特有的迎合,满足大众阅读与道德说教的内容,一改而成民众麻木的沉痛批判,并在美学上,使"大团圆"的传统喜剧色彩化为现代悲剧性意味,化肤浅轻松为深刻严肃,作品做到了脱俗为雅的形式创造。

从《狂人日记》与《阿Q正传》中可以看出,鲁迅小说艺术形式层面的纯粹雅化追求,主要特征在于脱俗求雅,这是与他在思想层面的大雅追求是互为表里的。

首先,鲁迅小说叙述者由传统俗小说的以读者为中心而完全移向以作者为中心,由此带来了主体创造的充分自由,从而突破"说话者"的种种束缚,将体验与沉思最大限度地融入小说写作之中。小说的故事情节链因此而被打断,叙述节奏明显加快,叙述语言变得歧异多解。如《狂人日记》,从叙述故事的表层看,小说是一则则"狂人"自我心理记录的组合故事,但显然地,这个故事又指向文化层面的批判,最后由文化层面而升华为对人类古老生存困惑的哲学反思。小说的内蕴就由单一的平面式转向多面的立体化层次。

其次,鲁迅小说开启了高雅文化对"小说"全面渗透与改造之先河。他第一次全面地将现代哲学、文化学及科学因素带进小说文体之中;而将传统"俗"套陈式,诸如大团圆结局、才子佳人模式等摈弃在外,从而实现"雅"文化艺术对"俗"文化艺术的彻底改造。在艺术的价值取向及思维观念层面上,西方现代文化艺术哲学及中国传统深层理念对鲁迅小说创作发生深刻影响。不但存在主义、表现主义、心理分析等当时的先锋派理论直接呈现于作品之中,而且中国传统经史等雅文化的精髓亦融化于作品的深层。无论《狂人日记》或《阿Q正传》,都明显呈现出深邃的"史识",其背后,隐约可见传统雅文化熏陶之影子。在艺术的表现方面,同样可见中西高雅文化艺术的显现。在小说观念层面上,主要受西方近现代小说的影响,尤其是俄罗斯文学。在这里,鲁迅早期的阅读与译介经历,对他的创作影响至深。在小说的艺术表达层面上，中国传统高雅文学的熏染尤值称道。特别是诗歌、散文因素的融入小说，使小说结构、语言发生了深刻的雅化变迁。无论是《狂人日记》、《阿Q正传》抑或《孔乙己》、《示众》等，小说中的片断往往似一则隽永的散文。如《狂人日记》中的一片断：

"自己想吃人，又怕被别人吃了，都用着疑心极深的眼光，面面相觑……

去了这心思，放心做事走路吃饭睡觉，何等舒服。这只是一条门槛，一个关头。他们可是父子兄弟夫妇朋友师生仇敌和各不相识的人，都结成一伙，互相劝勉，互相牵制，死也不肯跨过这一步。"

这种哲理散文式片断的连贯成篇，即使小说结构具有了"横截面"效应，小说语言简约雅洁，也使小说内蕴显得丰腴无比。哲理化语言、散文化笔法、诗化神韵的融合，使鲁迅小说在艺术形式层面更显纯粹。

1902年，梁启超创作《新中国未来记》。作品虽在思想内容层面指向社会改革、国富民强等高雅主题，但在艺术形式层面又得处处顾及世间民众及"俗"套程式，从而使小说视角徘徊于雅俗之间。1918年，鲁迅创作《狂人日记》，彻底改变梁氏小说视角的混乱情形，采用纯粹雅化方式的艺术创造，终于把中国小说送进现代的门槛。前后相间十六年。十六年对于悠长的中国文化历史来说真是弹指一挥间，但对于一个大转型的时代来说，却已足够改变历史。

第二节
化俗为雅的郁达夫、茅盾及巴金

一

"五四"高雅小说家中，郁达夫作为异军突起的"这一个"，除鲁迅之外，对文坛的震动几乎无人能及。作为"五四"中期阶段出现的小说家，他显然与作为新文化运动发起人之一的鲁迅有别。如果说鲁迅的小说创作，以纯粹雅化的作风，冲破传统的束缚，确立了现代高雅小说的地位，那么郁达夫的小说创作则承沿先驱者的足迹，为现代高雅小说的繁盛奠定了更坚固的基础。鲁迅小说，是纯粹学院式的大雅之作，学识一般的青年学生难以完全领悟；郁达夫小说则别出心裁，另走新途。当"五四"新文化的影响渐为广泛后，一般青年开始渐渐接纳现代高雅小说。在这种历史文化语境下，郁达夫以一种"青春型"的文化艺术品格，并不纯粹雅化的作风，把青年们进一步吸纳到现代高雅小说的这一边。（王富仁、宋益乔等学者曾将前期"创造社"的文化品格归纳为"青春型"，笔者以为是深刻的，在此特借用之。）无论从文化意味或艺术形式来看，郁达夫小说都比鲁迅小说更通于"俗"众一些，更能获得轰动效应，然而又并不因此而摒弃现代高雅小说作为文化艺术探索功能的特质。

郁达夫小说的一个突出特征是，较贴近俗世生活，可称是最具生活原生态风貌的现代作品之一。然而，他却能从俗世生活描写中表现出不为俗世所羁的独立精神和诗情观念，从俗世生活中升华出艺术和美,从而超越俗世生活描写达到化俗为雅的效果。在这一点上,他明显与"创造社"的另一重要成员张资平有别。张资平小说写"俗",但那是一种虚幻和拼凑的俗世生活,那众多的"三角"与"四角"恋爱是传奇化与夸张的,一看就使人想起类似于通俗小说中的种种巧合。更重要的是,张资平写"俗"而沉湎于"俗",他津津乐道于"性"描写、"情"渲染而无暇它顾,往往把艺术与美轻置于一边,从而容易淹没艺术之雅趣。郁达夫则不同。他是一个有自己独立审美追求的作家,既不为世俗大众文化所淹没,也不为其他诸如政治流行文化所诱导。他写"俗"而不俗,置身于无法超脱的现实环境而一意追求超脱。"五四"时,郁达夫在《沉沦》等作品中对青春性苦闷的大胆率真描写,无疑惊世骇俗。从心理分析角度看,《沉沦》的描写触及到了人的变态心理情绪,是对人性某一侧面的独到揭示,其心理过程的描写深刻而细腻:主人公从异国的"孤冷"、"凄清"发展到忧郁症的生发,从对异性爱的渴望发展到性苦闷的变态行为,确已触及俗世生活中人性真实的一面。这种真实,是一般有道学气息作家不敢正视的,对于当时世俗社会众多的道德禁锢是一种冲击,是一种"青春型"的崭新文化对于衰老的伪道学家文化的挑战。如果说"五四"时的郁达夫写"俗"而不趋俗,那么"五四"后的郁达夫则在流行趋"俗"的时髦中而避"俗"。写于 1932 年的小说《迟桂花》,无疑是一篇具有独特抒情风格的作品。当时,上海文坛流行"革命+恋爱"的叙事模式及"无情的情场"的"海派"文风。郁达夫弃走喧闹中的上海,暂居于清静闲适的杭州,写下了这篇具有淡淡哀愁与清新抒情气息的雅致作品。小说叙述的是主人公应一位阔别多年老朋友的真诚相邀,参加他的婚礼。在清静优美的乡间风景中透出浓浓友情的美好回忆。在这偶然的美的享受中,不意之间邂逅纯朴、美丽和真诚动人的乡间女子,更使人领略山美、水美、人更美的优美境界。可贵的是,作家将这种美置于远距离的审视之中,小心翼翼地让它留存于精神空间,绝不让浓浓的美丽感情堕落于男女欲念的世俗描写中,从而以优雅的抒情征服叙事接受者。作品满溢着的"自然"人情,显然暗示着对都市充满欲望和扭曲人际关系的否定,也显然比当时充满火药味、空洞的浪漫谛克激情之作更为耐读。这正是郁达夫小说"雅致"的一面。即表现为思想文化追求上的现代知识分子的独立见识,及审美观念上优美雅致的抒情风味与独创性追求。

郁达夫小说"雅致"一面的获得,往往由其特殊的叙述方式所构成。无论是"五四"前还是"五四"后,对才子佳人这一传统叙事文学模式的现代创新,构成了郁达夫小说艺术的基本特征。在他一生所写的 40 多篇小说中,大都具有现代化的才子佳人叙事框架,然而并不雷同,而是各有千秋。《南迁》中,是一对同病相怜的青年学生,同为天下零落人,邂逅相逢,凄清中见友好,感伤中见温暖。《春风沉醉的晚上》是落魄才子与辛苦女工的偶然相遇,同为贫困所迫,在互为同情中见真诚。《过去》中,一对曾经相识的青年男女,在各自飘零的人生途中异地相逢,不禁感慨唏嘘。上述作品不但典型地体现了郁达夫小说的基本模式,还代表了他小说创作的基本成就。他自然地采纳"才子佳人"的通俗叙述模式,但又创造性地加以转换。在郁达夫小说中,通俗才子佳人小说中那种浮浪虚夸和做作的缠绵情感已化为真诚、自然和真实;通俗才子佳人小说为写情而写情的娱乐肤浅已转化为从写情到写人生的严肃与深刻。可以说,从煽情到净化,是郁达夫小说对才子佳人模式美学创新的主要方式,表现在创作上,就是善于营造一种优美自然的诗化情调和境界。这是他创作时颇为用心的所在。他的小说,叙事线索明晰,大多以单线纵向推进为结构方式,叙事中主要突出生命的自然情绪。自然美的沉醉与渲染、生命的凄清与孤寂、社会的思考与焦虑构成了他小说中自然美、人情美与哲理美三位一体的独特的艺术境界和方式。如在《南迁》中,作品一开始就展现出一幅幽雅的风景画:

"安房半岛,虽然没有地中海内的长靴岛的风光明媚,然而成层的海浪,蔚蓝的天色,柔和的空气,平软的低峦,海岸的渔网,和村落的居民,也很具有南欧海岸的性质,能使旅客忘记他是身在异乡。"

在诗情画意的描写中,自然地引出飘泊异国他乡、身世如"浮萍"的主人公的孤独心境。

"在红尘软舞的东京,失望伤心到极点的神经过敏的青年,一吸了这一处的田园空气,就能生出一种快感来,伊人到房州的最初的感觉,自然是觉得轻快得非常。伊人下车之后看了四边的松树的丛林,有几丝薄云飞着的青天,宽广的空地里浮荡着的阳光和车站前面的店里清清冷冷坐在帐桌前的几个纯朴的商人……"

在凄冷的生命体验描写中,往往进而又夹杂对社会人生的感悟。

"伊人俯了首走了一段,仰起来看看苍空,觉得一种悲凉孤冷的情怀,充满了他的胸里,他读过的卢骚著的《孤独者之散步》里边的情味,同潮也似的通到他的脑里来……"

现代哲学、现代文化视野下的自然、生命意识,几重交织叠合的

情绪描写,使郁达夫的这篇小说早已超越了"才子佳人"俗套的模式
化,给人以雅致新奇的审美感觉。

二

　　郁达夫走上文坛时,"五四"新文化运动正处于由高潮走向退潮
的过渡阶段。其时,资本文明开始趋于活跃,文化市场渐趋发达。根
据对资本文明相对较发达的日本文化市场的体验,郁达夫敏锐地觉
察到资本文明与现代文化的矛盾性生存关系。他倾向于艺术应当超
越资本物质文明的审美观。在《创造月刊》第 1 卷第 1 期的《卷头
语》中,他明确提出"创造社的脱离各资本家的淫威而独立"的主张。
正是这种清醒的现代艺术观,使他始终与通俗艺术保持一定间距。
但是,在一个物化时代,纯粹的思想艺术创新而不受"物化"效应的影
响,确是极为困难。物质发达与思想贫乏是现代社会的普遍通病。
小说作为现代文化的一部分自然如此。因此,高雅小说的纯粹雅化,
在现代社会事实上面临巨大的压力。首先是来自文化市场诸如出版
发行销售等的压力,归根到底,还是受制于读者层的压力。因此,一
个现实的文化艺术创造者,有时必须设法通过这一难关。郁达夫的
方式是,及时地以化俗为雅的创作方式获得艺术创造工程的实现。
即通过对"才子佳人"叙事模式的现代转换,部分地满足当时追求
"自由恋爱"的"新青年"的阅读心理需求,同时,又在叙述中始终坚
持自己独特的思考与表现。但是,一旦当这批以"个性的发现"为主
的"五四""新青年"文化渐趋退潮之际,郁达夫小说对"才子佳人"

叙述模式进行现代转换的化俗为雅方式便受到挑战。"五四"后，个性主义高潮开始消退。文化启蒙转向政治革命启蒙，社会改造实践的热潮渐渐取代文化的理性思考，社会重心由知识者的先锋探索转向大众阶层的集体运动，包括青年学生，也开始发生"方向转换"。如前面章节所述，较早察觉这一社会思潮并在文学上加以表现的是蒋光慈，在《鸭绿江上》等作品中，他开始运用传统俗文学中的"刚侠柔情"模式进行小说叙事——以革命者的浪漫情爱结构作品。后又在此基础上，化入通俗文学中的三角恋爱模式，演化为"革命＋恋爱"小说。这一模式的风行一时，足以说明当时青年对郁达夫小说的开始冷落。然而，"革命＋恋爱"小说由于沉湎于"刚侠柔情"与"三角恋爱"俗套，缺乏对现实生活真实深刻的观察和描写，带有过多通俗文学传奇虚幻的成分，终究未能把通俗套式化为现代雅致优美的小说艺术，从而成为"光赤式的陷阱"，小说终不免成为流俗的艺术。在不少小说家亦步亦趋于此类小说潮中，且方兴未艾之际，郁达夫却仍坚持自己的风格和写作方式，这又从另一方面说明了他创作追求中雅致的一面。这种艺术追求，使郁达夫后期小说虽无前期作品的轰动，却更有炉火纯青的魅力，如前所述的《迟桂花》即是一例。

三

事实上，郁达夫小说创作的化俗为雅方式，在之后文坛一度仍是高雅小说创作的主要方式。只不过运用这一方式的另几位作家又各有其特色而已。其中较突出的是茅盾和巴金。

茅盾作为"文学研究会"的批评家、理论家，一直主张文学社会价值与审美价值的统一，主张文学应与社会人生相联。当他正式走上文学创作之路时，已是"五四"文化高潮退潮、社会大众集团"革命"实践运作之际。"大革命"的复杂景观给了一位从"五四"走过来的知识分子诸多深切复杂的体验，也激发了他的创作欲望，使他创作出他的第一部小说——《蚀》三部曲。这部作品涉及悲壮沉重的社会"革命"实践领域，是当时青年及社会各阶层关注的焦点，因而即使在俗世社会的一般人中也较有影响。显然地，作品已不同于鲁迅小说那样的纯粹雅化的文化艺术创造，而是较多地触及了世俗人心与社会问题诸方面，与世俗的沟通较为密切。但此"俗"不同于彼"俗"。茅盾小说的俗化成分不同于郁达夫小说。在《蚀》中，"才子"已非书生才子，而是由"革命者"所取代；"佳人"也非温良纯真的"佳人"，而是由浪漫不乏开放的"新女性"所代替。如果说郁达夫小说对"才子佳人"模式的现代转换，侧重于现代人情关系的文化层面，那么，茅盾小说则将"才子佳人"模式进行变体，成为时代与革命＋恋爱与人生的复杂模式，兼有政治与文化思考的成分。

茅盾没有像蒋光慈那样，使小说成为单一的"革命＋恋爱"故事，而是将其注入了政治、文化、时代与人生等复杂内蕴，并升华出历史、社会、人生等诸多复杂体验的雅致意味，从而避免了蒋光慈小说沉湎于"刚侠柔情"与"三角恋爱"通俗套式而无法脱俗的弊病。在《蚀》中，静女士的动摇及情感波折，是一个初出社会新女性的典型心态，她与两个男人的情感纠葛并最终与革命者恋爱，并非简单地以"革命"作为取舍标准,而是具有充分的生活依据;《动摇》中方罗兰在方太太与新女性孙舞阳之间的矛盾情感,也并非因为孙舞阳是个"革命者",而是因为这个"新女性"作为女人本身的魅力。因而,小说即使涉及"三角恋爱"或"革命与恋爱",却也能幻化出不同于流行写法的新内容,使小说叙事个性化,具有独创性,从而实现化俗为雅的效果。

茅盾《蚀》中所表现的时代、革命、恋爱与人生内容的小说模式,由于后来左翼作家对"革命+恋爱"公式的清算而被一些左翼作家一并扔弃。但却被另一批现实主义作家所承续和发扬。巴金就是其中突出的一位。他在早期创作的"爱情三部曲"中,就涉及时代与革命及恋爱与人生话题;到了稍后的"激流三部曲",更突出浪漫的爱情故事这一叙事主线。"觉"字辈三兄弟的人生追求与爱情曲折贯穿于全书之中。当左翼作家正舍弃"爱情"话题而大谈"革命"与"斗争"时,巴金的故事却因"爱情"而更充实了"革命"的真实内容与真正意义,不但赢得了更多的读者,享有更久的艺术生命,即使从"革命"者角度去看,小说也更符合"革命"的方向、更具"革命"的意义。

表面上看,巴金的浪漫爱情传奇正是对通俗模式的化用,而一些左翼作家的"革命"话题却是真正的严肃,似乎前者为"趋俗",后者为"雅正",其实不然。一些左翼作品在舍弃"爱情"这一叙事线索后,整个叙事往往容易蜕化为正面与反面的冲突,其结果容易将复杂事件简单化,甚至模式化,将复杂的人物性格单纯化甚至明朗化,导致人物性格单一、主题单一、趣味单一、作品个性单一,最终成为俗套。巴金化用浪漫爱情传奇模式却自有其现代性创造。他将才子佳人私订终身、才子金榜题名、最后大团圆的传奇模式做了完全悖反的处理。在《家》中,才子已是追求进步的现代知识者,佳人并非大家闺秀,也非小家碧玉,往往是地位不高心灵却美的青年女子。他们的结局不仅没有大团圆的喜剧色彩,却充满苦难的悲剧意味,如觉慧与鸣凤的爱情结果。一般地说,通俗叙事作品所要谕示的"道理"总要以保守旧道德为基本规范,宣扬从一而终等传统观念,但觉慧与鸣凤的爱情悲剧却是对这类"旧道德"的血泪控诉。因此,巴金的浪漫爱情传奇故事已完全脱离传统"俗套"的内在规范,而更具现代高雅艺术的文化批判与艺术创造性质。

四

小说家在雅俗之间的选择,往往能见出作家与时代文化之间的复杂关系。以纯粹雅化为创作方式的鲁迅及其作品,无疑是"五四"时那种特定文化语境下的历史存在。只有在那时,具有深刻广博文化修养的文化艺术创造者才能完成其纯粹文化和艺术探索的可能性。作者、时代文化背景及读者达成高度默契。时代呼唤高雅文化的探索和呐喊,高雅文化的成功促成时代文化的转型;高雅文化造就相应的读者,读者的扩大又促成高雅文化的扩张。这种遇合,使"五四"时那种学院化的纯粹文化艺术狂欢节中诞生了一个纯粹雅化的鲁迅。

当时代社会的重心由文化启蒙转向大众的集团运作和"革命"实践时,艺术的创造者们也不得不将话题从少数学院式文化精英移向那个更为庞大的社会群体。艺术家们的叙事必然也要承受那个社会群体文化习俗的压力,在叙事者与叙事接受者的双向互动过程中,又产生新的叙事方式。"五四"文化高潮之后,小说化俗为雅方式的占据主流,正是这种社会文化递嬗转型的结果。它也预示着小说读者对象从知识精英向一般知识者的转移。这一转移迫使创作者多少要向一般知识者身上的文化习惯与趣味回归,向传统文学叙事俗套吸取若干因子。但是,是完全依附于一般俗套与趣味,还是借助于俗却不依附俗,就往往成为小说家雅俗之分的分水岭,如郁达夫与张资平之别即是。作为有独立追求和独特创造的作家,往往能以雅致之思突破俗套之围,以"现代"之趣化解"传统"陈见,择取而翻新。因而,化俗为雅创作方式是"五四"文化高潮过后,现代高雅文化艺术创作之主流选择,是有追求的艺术家努力冲破时代局限作艰难探索的一条艺术之路,在这一点上,从郁达夫到茅盾,再到巴金,直至后来的沈从文等,可以说"承前启后""殊途同归"了。既然时代的压力很难做到纯粹雅化,那么化俗为雅就不失为一条较好的艺术之路,它同样可以产生一代艺术大家。

第三节

俗中见雅的张爱玲

一

张爱玲的创作始终不避"俗",她的创作常常把通于"俗"作为追求的目标之一。在小说《多少恨》的开头,她曾直言不讳地说道:"我对于通俗小说一直有一种难言的爱好;那些不用多加解释的人物,他们的悲欢离合。如果说是太浅薄,不够深入,那么,浮雕也一样是艺术呀。但我觉得实在很难写,这一篇恐怕是我能力所及的最接近通俗小说的了,因此我是这样的恋恋于这故事——"[6]

《多少恨》写于抗战胜利后的一九四七年,是根据电影剧本《不了情》改写。整篇小说以年轻的家庭教师虞小姐与工厂经理夏先生的恋情故事为主线,副线是虞小姐与其父亲的父女之间的情感矛盾。虞小姐与夏先生由相识到相悦,再到相别为主线进程,虞小姐与其父间相离到相聚再到相离为副线进程。夏先生与虞小姐相悦,发乎情而止乎礼义;虞氏父女之情却剪不断理还乱。虞小姐念着昔日生父情分,无法不答应父亲让她找活谋生的要求,将他引进夏先生的工厂;但父亲却以女儿与夏先生的相悦之情屡屡制造事端,并不惜顾及女儿的名誉,最终使女儿无颜立足而悄离夏先生躲避异地。小说两条线索交叉并进,构成一个完整的情感故事。故事中还穿插着两个隐含的"三角",即夏先生、夏太太与虞小姐,虞小姐的生母、后母与父亲。使男女相悦之情与父女爱恨之情更为错综复杂,相互交织,爱情、苦情、哀情、同情、愁情五味俱全,产生了引人入胜的阅读效果。但是,作者并不将此中种种情感与社会大背景相联,而是将之囿于两个家庭的男女交往范围内,从而使小说回避了"社会化"描写的倾向。从这一点看,这篇小说的确与那些善于写"情"的通俗小说较为接近,即单纯围绕一个"情"字做足文章,美妙感伤的故事使读者首先得到阅读的愉悦。不过,又毕竟与一般通俗小说有些不同。

言情题材现代通俗小说的故事叙述,往往以纪实性为主。题材模式常常是"才子 + 婊子"。这与叙述者大都是以洋场落魄才子身份出现有关。这一题材决定了作品情调的轻佻成分与嬉戏态度。离开这个题材,现代言情通俗小说则又走向虚拟化,往往成为武侠小说中的一条衬线。其虚幻色彩已远离市民生活现实。张爱玲的《多少恨》却另辟蹊径。作品正视市民生活的平凡现实,摄取其中感伤的小故事,带着平视的姿态,叙述市民生活的真实与艰辛,从中透视人性自然的一面。显然,这比一般通俗小说更直面生活,稍稍严肃一些。在写法上,也比通俗小说新颖得多。最明显的是,完全摒弃了一般通俗小说中的陈词俗套,及纯粹"说话"式的慢节奏叙述,代之以色彩多姿的印象式语言刻画及心理分析性的描写。如作品开头,一般通俗小说往往以"话说某某"式的套语,直接引出被叙述的人物,并即进入故事叙述。但《多少恨》却完全不同:

"现代的电影院本是最廉价的王宫,全部是玻璃,丝绒,仿云石的伟大结构。这一家,一进门地下是淡乳黄的;这地方整个的像一只黄色玻璃杯放大了千万倍。特别有那样一种光闪闪的幻丽洁净。电影已经开映多时,穿堂里空荡荡的,冷落了下来,便成了宫怨的场面,遥遥听见别殿的箫鼓。"[7]

这段典型的张爱玲式小说语言,堪称是诗情画境的再现,既点明了故事发生的一个地点,更写出了人物的心境,也预示着人物的命运,且反衬出叙述者对叙述对象的某种态度及自己的某种情绪折射,简洁的文字本身还构成一种审美的魅力,寥寥几笔,便见出作者雅致多姿的创造性语言功力。

《多少恨》在张爱玲小说中有一定的典型性。作为后期的创作,在成就上比不上其高峰期的上乘之作,如《金锁记》、《倾城之恋》等,但显然前后具有一脉相承的艺术倾向,即具有俗中见雅的特色。

严格地说,张爱玲正式走上文坛是从她在上海的《紫罗兰》上发表《沉香屑·第一炉香》开始的,该杂志主编就是在通俗文学界有显赫声名的周瘦鹃。紧接着,张爱玲又在《紫罗兰》、《杂志》、《万象》、《天地》等较为通俗的杂志上,连续推出《倾城之恋》、《金锁记》、《红玫瑰与白玫瑰》等名作,轰动沪上。如果单从作品发表的杂志看,张爱玲显然与通俗文学界有千丝万缕的联系,她的作品与当时通俗文学存在神韵相通的一面。要不然,资历颇深的通俗文学闯将周瘦鹃不可能看上当时尚无文名的张爱玲。这正是张爱玲创作通于“俗”的见证之一。不过,还须考虑到另一方面。当时,《紫罗兰》、《万象》等杂志的面貌已非昔日的《礼拜六》所能比。随着高雅文学界的整体发展,及大众阶层阅读趣味的现代化,为适应大众层的阅读,这些杂志不断吸取新潮,往往呈现新旧并收、雅俗俱全的驳杂面貌。张爱玲作品写“俗”却不伤雅的特点,正好迎合了这一趋向,既能面向“大众”,却又有别于通俗文学界久存的老套式,给人面目一新之感。她的出现,仿佛给疲软的大众文化市场注入了一支强心剂,并迅速征服了读者的心。无怪乎张爱玲当年不无兴奋和得意地说成名要早的种种好处。或许,她当时已隐隐觉察,她作品那轰动的效应,终究不能历久,随着时尚的消逝,她不可能有当时如日中天的火爆,这正是张爱玲作品的两面性,即既通于“俗”,又不同于“俗”;既有异于“雅”文学,却又有“雅”的成分。

二

张爱玲小说的"俗",表现在写"俗"、近"俗"、通"俗"的三位一体。即写市民大众生活,近于通俗文学的叙事框架,主要流行于大众阶层。她写小说,首先以"大众"为基本创作视线。她认为,"文章是写给大家看的,单靠一两个知音,你看我的,我看你的,究竟不行。要争取众多的读者,就得注意到群众兴趣范围的限制";"我们不必把人我之间划上这么清楚的界限。我们自己归入读者群中去,自然知道他们所要的是什么。要什么,就给他们什么,此外再多给他们一点别的……作者有什么可给的,就拿出来,用不着扭捏地说:'恐怕这不是一般人所能接受的罢'那不过是推诿。作者可以尽量给他们能给的,读者尽量拿他所能拿的。"[8] 把拟想读者设定为这样一个读者层时,她的小说写作就大众化了。她把笔对准了现代都市社会中大众最感兴味的奇特的"恋爱"故事或现代"三角"。正如她自己所言:

"只要题材不太专门性,像恋爱结婚,生老病死,这一类颇为普通的现象,都可以从无数各各不同的观点来写,一辈子也写不完。"[9]

她的大多数作品,基本上都是恋爱或三角恋爱故事,但又不雷同。在《沉香屑·第一炉香》中,是梁太太、葛薇龙与乔琪乔之间,是女人围绕男人转的情爱游戏模式;在《倾城之恋》中,是白流苏、范柳原之间聚散离合的浪漫情爱游戏,后因战争突发促成假戏真做;在《金锁记》中,叙述的是曹七巧变态的爱情与变态的生命。故事个个不一,视角与众不同,相同的是,以最能抓住大众之心的柔情与恋情为叙事中心。在这里,张爱玲往往叙述的是亲情的沦丧,恋情的荒芜,及亲情对恋情的破坏与恋情对亲情的冲击。叙述中流溢着的温柔的感伤的情怀能激起大众读者较强烈的共鸣。

在叙事框架大众化基础上,张爱玲小说在表现手法上又吸取了传统俗文学的戏剧性特点。她认为,"是个故事,就得有点戏剧性。戏剧就是冲突,就是磨难,就是麻烦。就连 P. G. Wodeiouse 那样的滑稽小说,也得把主人翁一步一步诱入烦恼丛中,愈陷愈深,然后再把他弄出来"[10]。这种戏剧性使她的小说与一般通俗小说纪实性的常见套路明显区分开来。如《倾城之恋》,从腐旧的家庭走出来的白流苏,香港之战并不曾将她感化成为革命女性;相反,香港之战却影响范柳原,使他由浪漫转向平实,从战争的生死逃避中,让他发现平实生活的真谛,终于与白流苏结婚,战争的突发,使他的恋情故事发生戏剧性急剧逆转。

无论是以亲情与恋情为中心的写"俗",还是以大众化戏剧性为叙述中心的近"俗",其主旨就在于通"俗",即营造大众乐于欣赏的文学阅读趣味。张爱玲小说充满了"大众"所感兴味的细节。在《沉香屑·第一炉香》中,乔琪乔夜闯梁宅,与薇龙、睨儿先后偷情,薇龙、睨儿争风吃醋的描写典型地体现了"海派"文学的趣味特征。比起通俗文学来,作品在大众趣味化这点上是相似的,因为其文字除了这一点以外,似乎无多大深刻用意。但在描写的细致、心理分析的真实上,小说却大大超乎通俗小说之上。这正是她高明的地方。然而,纵然如此,也仍然掩饰不住她作品因受大众趣味牵制而流露出的俗的一面。正是在这点上,当年才引起了以雅文学审美眼光为标准的著名翻译家傅雷的批评。傅雷在《论张爱玲的小说》一文中认为：

张爱玲小说往往"错失了最有意义的主题,丢开了作者最擅长的心理刻画,单凭着丰富的想象,逞着一支流转如踢哒舞似的笔,不知不觉走上了纯粹趣味性的路"。傅雷还以《连环套》为例,进行了论析。"除开最初一段,越往后越着重情节,一套又一套的戏法(我几乎要说是噱头),突兀之外还要突兀,刺激之外还要刺激,仿佛作者跟自己比赛似的,每次都要打破上一次的纪录,教读者眼花缭乱,应接不暇。描写色情的地方,(多的是!)简直用起旧小说和京戏——尤其是梆子戏最要不得而最叫座的镜头!《金锁记》的作者不惜用这种技术来给大众消闲和打哈哈,未免太出人意外了"[11]。

其实,一点儿也不意外。张爱玲的写作本来就要追随大众趣味,而且深得要领。或许,还是下面这段张爱玲自己的现身说法最能说明她作品写"俗"、近"俗"而通"俗"的一面了：

"(一)说人家所要说的;(二)说人家所要听的"。"今日销路广的小说,家传户诵的也不是'香艳热情的,而是那温婉、感伤、小市民道德的爱情故事"。[12]

不过,如果张爱玲小说真的完全走上"纯粹趣味性"的路,那么她只能像一般通俗文学家那样,成为一颗稍纵即逝的流星。但是,她在沉默半个世纪左右,再度被人们"发现"时,犹如"出土文物",仍显得弥足珍贵。无疑,她的作品还具有另一面,即雅致耐嚼的内蕴与丰采。

首先是她的作品中独到的现代文人意识。虽然张爱玲深受传统俗文学熏陶,但她在思想上已完全脱离传统俗文学中那一层与传统道统相联系的一面,在她的众多小说中,几乎很难找出与现代意识相悖的作品。恰恰相反,她有的小说,做到了一般现代文人敢想不敢写的地步。在《沉香屑 第一炉香》中,作者描写了姑母、侄女、女仆同恋一个男人的故事。这种故事,不但通俗文学家甚少涉及,即使最大胆的高雅文学界作家一般人都望而却步。很显然,一旦写得不好,很容易跌入道德指责的禁区,谁也不敢承受那种千夫所指的风险。愤世嫉俗的"创造社""小伙计"们,曾也写过叔嫂恋爱偷情的惊人之作,却不是写得忸忸作态便是写得挑拨逗人,成为失败的证据。但张爱玲却去写了。她巧妙地处理了伦理与人性的关系。姑母与侄女,借助一层人伦相识相联,同样也借助这一层人伦为恋情制造方便。侄女成为姑母牵引其情人的手段,而侄女却假戏真做跌入情网。女人的专一,男人的迷乱,却也能在结为夫妻的新的人伦中苟安过活。这篇小说,与其说写出了女人的悲哀,不如说写出了人性的真实与人伦的脆弱。它既无通俗作品"保守旧道德"的旧文人意识,也无激进的新潮作家那种激愤的夸张与露骨,而是既有现代文人独到的观察与描写,也有作者自己苍凉的情绪流露,在道德与人性、现实与历史、情感与理性之间,在不能两全的情况下,理性地选择了符合历史与人性的真实,从而显现出既无可奈何,又无限留恋的独特审美空间。

其次是个人性情的触入。如果将张爱玲的家庭生活及个人身世与她的小说世界做比较,或许我们更可理解其心灵深处的苍凉情绪在作品中的呈现。这个曾经是没落贵族的后代,从小就饱尝父母离异后孤独的滋味和心灵的创伤,看到了亲情在人性、恋情面前的尴尬,看到了男人与女人在对待恋情甚至性等方面不同的微妙之处,及在现代社会发展中传统价值的崩溃,人伦的沦丧,弱者的无依。当她再为"大众"叙述一个个亲情与恋情相互交织的感伤故事时,她情不自禁地又把自己的性情融入其中。

"三十年前的上海,一个有月亮的晚上……我们也许没赶上看三十年前的月亮。年轻的人想看三十年前的月亮该是铜钱大的一个红黄的湿晕,像朵云轩信笺上落了一滴泪珠,陈旧而迷糊。老年人回忆中的三十年前的月亮是欢愉的,比眼前的月亮大,圆,白;然而隔着三十年的辛苦路往回看,再好的月色也不免带点凄凉"(13)。

当我们读到这段苍凉的文字,我们不会相信这仅仅是客观的写实。这正是她的高明之处,于平凡故事叙述中,注入个性化的情绪,使小说获得除故事之外的审美感染力。

再次是其精致幽雅的艺术描写。张爱玲固然不乏讲故事的本领,但她更具有表现故事的手腕。如果她讲故事,仍如一般通俗小说家那样,仅仅叙述故事的进程,把故事说得好听,那么她最多只是一个周瘦鹃们的门徒;但是,她还能把故事说得深刻。《金锁记》的故事,可谓好听,但曹七巧的变态,却更深刻。《倾城之恋》是有传奇风味,但男女的结合却更让人沉思。这得归功于她那支刻画人物心理入木三分的灵巧的笔。这支笔具有多愁善感女性的细致,也有传统书画家白描的功力,还有心理学家对人性心理认识的深刻。上面所举的《金锁记》开头一段,把月亮说得时圆时大时亮,时红时黄时白;时湿晕时陈旧时迷糊;时欢愉时辛苦时凄凉,情景物理交融,却只在一二百字之间,除了赞叹,我们还能说什么呢?

尽可能地为更多市民"大众"讲故事,同时又尽情地将自己的性情才思倾泻其中;写"俗"、近"俗"而通于"俗",同时又"俗"不伤"雅","俗"中见"雅",以至于有时大"俗"大"雅",这就是张爱玲。

四

显然地,张爱玲小说是文化市场条件下的一种小说创作与消费模式。她那"俗"中见"雅"的创作方式无疑与当时文化条件相联系。在某种意义上,现代文学一开始就与文化的商品化及文化工业的发达相联系。文化工业这部巨大的机器把每一个作家卷入其中,影响着他们的写作,包括写作目的、写作心态、写作趣味、写作模式等等。特别是,读者的影响通过文化市场的反馈,经常进一步诱导作家的写作方式。

在"五四"初期,许多作家因抱着启蒙人生与自我表现的宗旨而无意步入文学商品化之途。直至"五四"后期,启蒙文化的高潮渐趋低落之后,人们才不得不正视文化市场对写作的巨大影响力。不过,这毕竟是一个无法回避却又陌生的领域。比起通俗作家,这批新式文人对文化市场的应对能力就显得太缺乏经验。因此,较早涉入其中的后期"创造社"部分成员如张资平等,就"俗"得过火,因而才招致文坛的批评和读者的厌弃。稍后的叶灵凤就较成熟了一些。他的小说,仍然不脱离"海派"文学最常见的婚恋主题,并且也是"三角"恋爱,但已由张资平的做作与虚幻转向自然的写实和细致的心理描写。如在《红的天使》一篇作品中,作者写姐妹俩同恋表兄,妹妹因忌妒而设圈套,致使姐姐与表兄发生误会,结果酿成悲剧。虽然也并不严肃,但也不油滑,已初具"海派"文学中期阶段较为适应文化市场的特点。这也说明,从雅文学圈向俗文化领域接近时,并不是越香艳热情越好,色情趣味并不能征服大众。稍后的张爱玲清楚地意识到这一点。她说:"作者们感到曲高和寡的苦闷,有意地去迎合低级趣味。存心迎合低级趣味的人,多半是自处甚高,不把读者看在眼里,这就种下了失败的根。既不相信他们那一套,又要利用他们那一套为号召,结果是有他们的浅薄而没有他们的真挚。读者们不是傻子,很快地就觉得了。"[14]当她眼见以往作家的种种失败,深知"迎合大众,或者可以左右他们一时的爱憎,然而不能持久"时,她的写作,就自觉地在迎合大众与超越大众之间寻找一条恰当的路,那就是俗中见雅的创作方式。

在商品化环境中写作,同一作品既能获得文化市场认同,又能获得文坛认同,这在现代文学史上是不多见的。而张爱玲正是这不多见中的一个。另外的几个,就是徐訏、无名氏等。他们几乎都与张爱玲同时成名,而且也几乎是走俗中见雅的路子。徐訏的《风萧萧》等作品,浓郁的传奇化趣味情节中又常插入人生的哲理。在获得可读性的同时,又能引发一些思考。这是否说明,俗中见雅创作方式,作为现代文学商品化后期阶段的一种创作模式,已经较好地找到了一种雅文学圈与文化市场打交道的方法? 这一方法的意义是不言而喻的。在20世纪中国,他们之后因相当长一段时间失去较典型的文化市场,作家们早已淡忘了这一方法。直至80年代以后,作家们面对文化市场的巨大压力,无所适从时,才蓦然回首,原来已有"先驱"成功地进行尝试了。张爱玲热,徐訏、无名氏热,苏青热,都是这一回眸的发现。只要存在文化市场,张爱玲模式总是存在且有人实践的。谁说不是呢? 君不见当年的先锋作家,在90年代不是纷纷"触电",纷纷撰写"软性"作品呢?

然而,张爱玲小说俗中见雅创作模式的意义还不仅仅在于这一点。

从张爱玲这里,我们看到了与"五四"新文学传统稍稍不同的现代文学之路。当"五四"现代文学先驱以迥异于传统白话小说的欧化风格与语言,一路势如破竹,获得了现代文坛的主流地位时,张爱玲却反其道而行之,正悄悄以其"修正"面貌暗暗接通传统白话小说的神髓。这并不是说张爱玲小说是个彻底的"传统"派,她的小说是"现代"的这一点自然无疑,无论从其作品意识还是描写手法看。事实上,严格地说,她并不对以经史子集为主的传统雅文化有较深的认同和研究。恰恰相反,无论从感性或理性认识上而言,她对于古雅文化恐怕比那批激烈反传统的"五四"文化先驱还要疏远,而对西方文化的浸润却并不比"五四"先驱浅薄多少。但是,她对传统俗文化,尤其是白话小说却一往情深,比起"五四"文化先驱们有过之而无不及。正是这一点,使她成为自觉接通传统白话小说最传神的现代作家之一。而她接通的方式,正是保留传统白话小说通于"俗"的一面的同时,又发展传统白话小说中文人自我抒发的另一面。

中国传统白话小说,其发轫初期,是地道的"俗"文化,是街谈巷语、道听途说以供消遣娱乐的。尤其是宋代说话,是当时城市生活中市民文化的一部分。当它接受书面改写时,事实上已经经历了一次

"雅化"的改造。到了明末,白话小说接受文人加工改造时,它已发生深刻的由俗向雅的变迁。明末时期,封建叛逆文人已经在封建正统文化及城市市民文化之外,发展着自我"性灵"的独立见解,它与萌芽的资本文明遥相呼应。除以哲学方式独立表述这一思潮的李贽等人以外,不少人已把这一思潮个性化地融入小说之中。正是这一思潮的加入,使中国传统白话小说骤然向上提升了一个艺术高度。到了清代,以曹雪芹为代表的封建文化结构边缘者,以正统文化叛逆的姿态加入了小说家队伍,使得原本为"俗"众所听的小说转而产生了弦外之音,这种声音,在当时无疑是属于地下文化领域,庞大而严密的正统古雅文化网络把它逼入一种根本就不登大雅之堂的"小道"文体中。但它却是代表未来的,"满纸荒唐言"中透出的"一把辛酸泪",使作品充满无穷的魅力。张爱玲小说通过充分融入自己的"辛酸泪"与才情,才使得小说家的"荒唐"之意又透露出迷人的弦外之音。于无形中,把被现代小说先驱们所忽视的《红楼梦》传统悄悄接续。

第四节

雅俗合一的赵树理

一

1936 年 2 月,赵树理以"常哉"的笔名发表了《雅的末运》一文[15],鲜明地亮出了其艺术"趣味":

"士大夫们的雅化境,只好让从前的士大夫独步了吧! 我们既不生于当时，又非此家子弟，愧不能接受那种优美的文化遗产，让我们牺牲一点清福先来应付一下时代的俗务。俗务中需要的是'热'——每一个刺激来了都给它一个适当的反应，感觉灵敏的要负刺激之责，使自己感到刺激，别人也能感到……不是飞机到头上来还要在化境中养神。"

同样，他又写了《打倒汉奸》一剧[16]，该剧末他特地加上一则附言：

"为了使多数的读者直接接受内容起见，故不负丝毫'文字'教育之责。本此：不分'的''底''地'。不以拉丁化代写不来的字。不用一个'新'词及'雅'词。不去掉也不纠正'不关重要的旧意识'——如'五法'之类。"

这两段文字，作为他创作或成名前的文学趣味流露，首先反映了赵树理早期文学观中的一个重要特色：即既不同于"古雅"艺术，也有别于"新雅"艺术，当然，在当时的环境下，赵树理与"洋"味艺术隔膜也甚深。这说明，赵树理早期在面对中西艺术传统时，对古代士人文化文学传统、"五四"以来的新文人文化文学传统及西洋文化文学自觉不自觉地作了不同的趋避，他要从另一传统中闯荡一条新路。那么，这个传统又是什么呢？

在30年代，赵树理有两个较重要的叙事作品，一是作于1935年的小说《盘龙峪》。该作品开头几段这样写道：

"没有进过山的人，不知道山里的风俗。

盘龙峪这个地方，真的是个山地方了：……

这一天是阴历八月十五，西坪上有个名叫兴旺的，……"

这是一个以说书口吻，写现实生活故事的作品，除开头作叙述介绍外,其余基本上是作品中的叙述人物间的对话。承续的是传统白话小说以言行表现人物性格的路子。

另一个作品就是《打倒汉奸》。这个作品的标题下有一个说明:"相声底本也能演成独幕剧",事实上基本上是人物间对话的展开。赵树理本人则把它称作"书帽体",它原是山西东南部说鼓词艺人们放在正书之前的开场闲话之一种,当属民间曲艺这一民间俗文化之一种。因此,无论从其创作实践抑或从其理论观点表述来看,赵树理在距其成名七八年前就曾尝试走以民间俗文化艺术样式为主的路子。如果说,仅仅是因为赵树理"出生于农村,对民间的戏剧、秧歌、小调等流行的简单艺术形式及农民的口头语言颇熟悉"[17],就使他走上这一条路,这并不完全确切。事实上,正如董大中先生指出的那样,赵树理在1934年前创作上曾有过一个"试验、探索"的阶段。他一度还深受鲁迅及"左联"的影响[18]。赵树理本人也说,"老实说我是颇懂一点鲁迅笔法的"[19]。

这说明他对"五四"新文艺传统并非非常陌生。而他"有意识地使通俗化为革命服务萌芽于1934年,其后一直坚持下来"[20],显然还基于他当时理论上的某种自觉。一是"不满意于新文艺和群众脱离的状态"[21]。二是强调文艺的实用性,即他自己说的"过分强调针对一时一地的问题"[22]。三是强调创作应充分考虑接受对象的文艺观。他强调"小说创作应时刻想到读者","照顾农民读者"[23],而在战争状态下,当时他所在地区读者主体正是农民,士兵则是扛枪的农民,因此,这一文艺接受者特点也驱使他在创作上作出反应,选择其创作中拟想读者所乐于欣赏的民间俗文化艺术形式。

不过,当时现实社会的需要及"左联"文艺大众化的讨论,则为其通俗文艺观的定型起了最终的决定作用。就在创作《小二黑结婚》之前的几年,赵树理参加过抗日宣传工作,与部队政治文化工作有过接触,并一度专搞通俗文艺,主编通俗报纸。可以说,当时他已充分认识战争文化状态下时代对于艺术的要求和规约,并一度影响过他的文艺大众化理论。因这与当时现实需求相当吻合,他因此更为推崇,并将"左联"几乎尚未在创作上完全实现的"大众化"之路,定位于以民间俗文化艺术为主的形式择取上。这种文艺观一旦成熟定型,并与其丰富的创作生活基础相结合,就结成了一颗成熟的"大众化"果实——《小二黑结婚》。

<h2 style="text-align:center">二</h2>

《小二黑结婚》的主叙述框架是传统戏曲小说的路子。作品这样开头:"刘家峡有两个神仙,邻近各村无人不晓:一个是前庄上的二诸葛,一个是后庄上的三仙姑。二诸葛原来叫刘修德,当年做过生意,抬脚动手都要论一论阴阳八卦,看一看黄道黑道。三仙姑是后庄于福的老婆,每月初一、十五都要顶着红布,摇摇摆摆装扮天神。

二诸葛忌讳'不宜栽种',三仙姑忌讳'米烂了'。这里边有两个小故事……"

叙述者完全以给农民讲故事的形式出现。叙述话语充满了"说话者"的神情语态,显然,叙述者已不再是"五四"新文学中那种居高临下的沉思者,而仅仅是民间生活的观察者与讲述者。不过,民间有民间的眼光,民间有民间的价值评判。它既与精英文化的批评式观照相别,有时也与"政策"文化的演绎图解存异,因而获得了一个不同的视角。如作品在写到"金旺兄弟"时就是一个鲜明的例子。

"提起金旺来,刘家峡没有人不恨他,只有他一个本家兄弟名叫兴旺跟他对劲"。从民间眼光看,这对兄弟无疑是坏得透顶,简直没一点好处。但既然如此,为什么还会担任村干部呢? 作品又这样写:

"山里人本来就胆子小,经过几个月大混乱,死了许多人,弄得大家更不敢出头了。……刘家峡却除了县府派来一个村长以外,谁也不愿意当干部。不久,县里派人来到刘家峡工作,要选举村干部,金旺跟兴旺两个人看出这又是掌权的机会,大家也巴不得有人愿干,就把兴旺选为武委会主任,把金旺选为村政委员……"

这里叙述者既隐含着关于农民对政权心存疑惑心理的描写,也有对政权建立过程中存在某种疏忽的叙述。仅仅是"叙述",而不能说是批判,但也不是完全顺从,它有自己独立的观察和评判。不过,这仍然是有限的。在小说结尾,当小二黑和小芹的婚恋遇到金旺、兴旺的破坏时,他们的关系似乎不能自己决定和斗争,而是要依赖于政权,并且,在政权支持下终于取得成功。本来,在小说的真实素材中,这是一出爱情悲剧,男主人公曾被打致死。但在小说中,作者运用传统俗文学中常见的大团圆手法做了喜剧性的处理,使一点民间独到的观察,最终又被整体上的对主流文化的顺从规范所冲淡和掩盖。

不仅是叙述格局和叙述者倾向,即使是叙述的过渡,话语也对传统俗文学有深刻的承继。

在第二节结束,引出第三节时,作品这样写:"三仙姑有什么本领能团结这伙青年呢？这秘密在她女儿小芹身上。"

在第四节开头，作品又这样写："提起金旺来，刘家峡没有人不恨他……"这些叙述者的干预评论，一开始就交待了故事的实质，它通过对叙述流程的中断，使"听者"明白另一故事的开始，这已更进一步说明了作品叙述者的"说话者"神态。

以传统俗文学的叙述模式，讲述一个现代社会新生活的故事，是《小二黑结婚》的一个基本特点。只不过，所叙述的新生活内容是正经的，叙述者的倾向和动机是严肃的，但所采用的形式又较多是通俗的，两者结合在一起，构成了赵树理小说雅俗合一创作模式的一个基本特点。

三

赵树理小说的雅俗合一模式在思想与形式的构成上，具有独特的创造。他显然不同于上个世纪之交的梁启超，在小说中夹杂大量"新"词、"雅"词，使精英文化的思想与俗文化艺术的形式不相协调，令人难以卒读。他也不同于"革命文学"派的蒋光慈，让浪漫谛克激情与市民文学的通俗模式相嫁接，造成虚幻空洞的文学接受印象。甚至，他也不同于"左翼"文学的"大众化"努力，在小说实践上，左翼文学虽然存在走向"大众"的形式追求，但它基本未敢将拟想读者彻底移向以"农民"为主的"大众"阶层；在叙述的视角上，仍基本以作者为中心。这正是左翼文学的尴尬处——叙述者始终在作者与读者之间徘徊并游移不定。

赵树理则打破了这种尴尬局面。他以叙述接受者为中心，以接受者喜爱的形式写接受者熟悉的内容，从而赢得形式内容的和谐；不过，赵树理并未真正将自己摆到与接受者（主要是农民）同一水平线上，无论在思想抑或形式上，他又稍高出一筹，只不过，在文本中这种属于"自己"的发现与创造部分，又与接受者的"共识"与"共赏"内容和谐融合而已，从而容易达到"劝人"的目的。因此，无论是内容还是形式层面上，赵树理小说又分别具有雅俗合一的意味。

在思想内容方面，赵树理小说事实上有两种文化内容，一是与政策文化相一致的乡村民间文化思想；一是与政策文化不一致的民间艺人的独特眼光。如在《小二黑结婚》中，对农村政权性质、对农村婚姻自由的肯定与"宣传"，就相当符合当时的政策文化内容。小说《登记》的创作也很典型。据马烽回忆，这篇小说的创作过程是这样的："一九五〇年夏天，正是大力宣传婚姻法的时候，刊物急需要发表反映这一题材的作品，但编辑部却没有这方面的稿子。编委会（指《说说唱唱》这一通俗刊物的编委会，引者注）决定自己动手写。谁写呢？推来推去，最后这一任务就落到了老赵头上。"[24] 小说中对封建婚姻的批评，对新婚姻的歌颂，正是与当时的婚姻政策文化相一致。不过，如果仅仅止于这一约定"俗"成的文化思想层面，那么赵树理小说就无多大思考余地，这也并不是赵树理的全部创作动机所在。事实上，这恐怕也不是他主要的创作动因，他的小说创作，往往来自他作为农村文化工作者或者说"知识分子化了的农民"的"个人发现"所驱使。他这样谈自己一般的写作起因：

"我在做群众工作的过程中，遇到了非解决不可而又不是轻易能解决了的问题,往往就变成所要写的主题。……如有些很热心的青年同事,不了解农村中的实际情况,为表面上的工作成绩所迷惑,我便写《李有才板话》;农村习惯上误以为出租土地也不是剥削,我便写《地板》……可以说'在工作中找到的主题,容易产生指导现实的意义'。"[25]

即如在《小二黑结婚》中赵树理对恶霸把持村政权的原因叙述及使政权变质的思考,在一定意义上正是他个人观察与发现的"问题",这也是这篇作品写作的主要起因之一。因此,赵树理作品同时存在两种文化成分,一是与政策文化相一致的、与世俗社会准则相协调的文化内容,显示出"俗"的一面;一是他作为农村民间文化艺人独到观察与发现的文化内容,相对来说具有更多创造与让人思考的"雅"意;不过,后者是作为对前者的讽劝意义而存在的,两者不仅不呈对抗关系,相反,后者还为前者作补充,因而在本质上,又是协调的,总的来说,"雅""俗"两种成分是合二为一的东西,都为同一个严肃的主题服务。在艺术形式方面,赵树理小说的雅俗合一,即表现在"艺术性和大众性相当高度地结合起来"[26]。赵树理小说以民间俗文艺叙述获得了走向"大众化"之路的形式效果,同时又以自己一定范围内的创新使小说具有较高的艺术性。如果说前者表现为"俗"的承续,那么后者则表现为"雅"的创造。赵树理曾这样说明他小说创作的"写法问题":

"我写的东西,大部分是想写给农村中的识字人读,并且想通过他们介绍给不识字人听的,所以在写法上对传统的那一套照顾得多一些。但是照顾传统的目的仍是为了使我所希望的读者层乐于读我写的东西,并非要继承传统上哪一种形式。……我究竟继承了什么呢?我以为我都照顾到了,什么也继承了,但也可以说什么也没有继承……同什么传统也不是的写法来给他们写东西。同时我这种写法也并不能和大多数作家的写法截然分开,因为我虽出身于农村,但究竟还不是农业生产者而是知识分子。"(27)

他的小说的"雅"的创造,一是作为知识分子书面叙述的独具一格;二是对民间俗文艺形式融汇贯通的综合化用。即如《小二黑结婚》,作品那套幽默简洁、传神生动的叙述语言,处处显示出他作为一个训练有素的作家的功力。据孙谦回忆,赵树理总是"想用最恰当的语言形式表达他的思想……一找到恰当字句,他高兴了,将一张报纸一迭十六折,一手拿一只竹筷'叭啦啦'一阵打,那十六折的报纸便被从顶到底打个稀烂"(28)。这种锤炼足以说明其写作态度的严肃与雅正,因而,他从来"没有用过脏话、下流话和骂人话",但也能把人"描绘的维妙维肖,刻画的入骨三分"(29)。

这自然得力于他对民间俗文艺表现力的熟练掌握。这一点,在现代小说史上恐怕无人能及。如《小二黑结婚》,从人物角色安排,到叙述时空处理,再到故事叙述节奏和审美情趣表达,无不巧妙地化用传统民间戏曲评书鼓词等相应的一套技巧。人物是以生、旦、丑等戏曲中的角色进行塑造,故事叙述具有评书化倾向,结局处理与传统小说戏曲相类似。

这种出神入化的"现代"运用,在一定意义上也使小说达到了某种程度的陌生化效果,并能以整体上的"俗"化叙述相融合,达到雅俗合一的境地。

四

　　赵树理小说创作雅俗合一模式的风行一时,意味着新文艺的一种结局。当赵树理小说被作为一种"方向"推而广之以后,就意味着其余"方向"创作的走向边缘。事实上,当时赵树理的迅速成名与深受关注,在一定意义上说,其创作实践正好迎合了当时社会文化的某种期待。在 40 年代前后,理论界曾对"民族形式"问题有过争论。向林冰认为,"民间文艺为中国文艺的正宗","民间形式"为创造中国文艺的"民族形式"的"中心源泉"。胡风则认为,五四新文艺"不但和古文相对立,而且也和民间文艺相对立",虽然有时民间文艺与五四新文学都用"白话",但是,"所谓'白话',不过是构成文艺形式的基本材料,……一旦和创作者的一定的观点看法、五四精神的民主的科学的立场结合了以后,就必然要成为一种新形式了。"[30]

　　这两种观点的对立,在一定程度上涉及到今后的文艺发展方向。但由于当时在以农民为主体的战争状态下,社会政治的某种强烈期待,无疑更需要能够动员农民群众的民间文艺的发展。现实的迫切期待终于取代了理论上的选择,而赵树理小说,则在创作实践上满足了历史的需要。可以说,赵树理追随时代,时代又选择了赵树理。

　　从当时时代的特定情形看,作为权宜之计,选择赵树理无疑有其合理的一面。问题是,将它推而广之,并以此模式一统天下,就显然违背了文艺的多元发展规律。其中的一个严重后果是,五四新文艺传统及其相应的知识分子文化从此走向边缘或转入地下而沉默。

事实上,当时的赵树理小说也只仅是一种开始。他创作的雅俗合一模式及其文风,也仍然受到批评和质疑。40年代末,他的小说《邪不压正》就受到批评,一直到60年代他还不得不站出来为自己辩护。正是在这种压力下,赵树理的较成型的文艺创作观事实上也在悄悄地发生变化。他曾这样做自我反省:

"这几年中(公社化前后八年)我的最大错误是思想跟不上政治的主流……检查我自己这几年的世界观,就是小天小地钻在农村找一些问题唧唧喳喳以为是什么塌天大事。"[31]

在时代风气的影响和驱压下,赵树理的小说创作模式事实上不得不作修正。这种修正方向,可从他未完成小说的主要梗概觉察。在60年代中期,他"便打下了写英雄人物的决心",并完成了长篇小说《户》的构思,"想通过三户农民家庭的变化,继《三里湾》之后,描写人民公社以来,我国社会主义农村的变革,塑造一大批社会主义时代的光辉英雄的形象"[32]。

从塑造"二诸葛"、"三仙姑"、"小腿疼"等一大批"中间"型人物,到写一大批"光辉英雄形象",正是赵树理小说之路前后变化的一个过程。至此,事实上他作品中存在的多少带有"个人发现"的"问题"和"雅意",已经开始消褪和悄悄改造。伴随着他创作的停止,及生命的结束,其小说创作的雅俗合一模式终于完全为另一条"革命"的"金光大道"式创作所取代。

五

　　雅俗合一的赵树理小说创作,其认识意义显然超越了文学层面。
20世纪以来,中国的"民众"问题,一直处于政治、经济与历史等诸问
题的中心。如何教化"民众"发动民众更好地参与变革,是20世纪中
国现代化的主旋律。在文化领域,也存在着民众文化素质提升的现
代化命题。而且,严格地说,这是一个更为根本也更为艰难和更为长
久的历史命题。人多地广、文化教育水平的低下,生活经济发展水平
的落后,悠久的历史文化留下的固执的观念,都阻碍着这个命题的充
分解决。其中,文学在参与民众教化与民众启蒙的同时,面临着更为
艰难的处境。一方面,在启蒙民众的过程中,启蒙者必须具有先进的
现代文化观念和高超的文艺才能;另一方面又须时时顾及受启蒙者
的接受能力与欣赏习惯。是以前者为主还是以后者为主,往往决定
着文学发展雅俗之路的展开。在这个问题上,20世纪中国文学显然
一直处于探索的境地。最初的梁启超们,采用雅俗折中的办法,以俗
的形式承载雅的思想,结果矛盾百出,其读者仍是出于旧学界而输入
新学识的一群,"新民"之功远未奏效,而且还导致了艺术的失败。
"五四"时期,雅俗文学分流共存,但其影响仍限于都市的精英与大
众,至于民间农村的民众,则仍影响有限。显然有时也有人指出了这
一缺陷,但在那种历史语境下,显然无法着手展开。之后,正式提出
文学的大众教育作用是与日益成为社会实践领域中心的"革命"话题
相联系的。1924年,沈泽民在《文学与革命的文学》中号召青年文学

工作者到民间去,"到无产阶级里面去",体验"他们情绪生活",以创造"革命的文学"。四年之后,"革命文学"运动如火如荼地展开。但其阅读对象,仍然是一批"浪漫谛克"的青年们,并未能在"大众"中起到多大的作用。不过,这次文学浪潮对以后的文学"大众化"问题产生了巨大的文化影响力,那就是,以单一的机械的文化功利观取代多元的现代文化艺术价值,作为文学"大众化"的主要理论流向。这一流向的确立,虽中经一些注重文艺规律的知识分子的批评和反对,但到40年代,事实上已在文学界取得胜利。民族形式的论战中,向林冰提倡"民间形式"的根本目的,乃是因为这种形式一旦与"革命的思想结合起来,则是有力的革命武器"[33]。胡风对向林冰的批驳,主要是从文艺规律出发的,可以看作是对这一流向的最后一次抵制。随着不久展开的对胡风文艺观的一致批评和严肃清算,意味着时势对文学"大众化"方向作出了选择。因此,在某种意义上,赵树理雅俗合一的小说创作模式的受青睐,是因为他在创作实践领域,开创了一种受时势欢迎的文学与文化发展流向。而他之后的受批评,则是因为他对这一发展流向远未达到深刻的理论自觉意识的程度,他无法跟上这一流向的步伐,未能完全从前期写"中间人物"那种状态中走出来。他可能并未完全意识到,那即使委婉的"问题"和"雅言"也已不合事宜。毕竟,作为一个艺术家,无法也不可能对快速发展的时势亦步亦趋。因此,赵树理小说模式的开始与结束,清楚地标示着一种过程。随着赵树理小说被《金光大道》式的"文革"文学所取代,也昭示了现代中国文学已无雅俗之辨,只有《金光大道》式一种文学模式通行文坛,至此,中国文学走进了真正雅俗合一的羊肠小道。

注释：

（1）鲁迅：《热风·随感录三十六》，《鲁迅全集》第 1 卷，人民文学出版社 1981 年版。

（2）鲁迅：《坟·再论雷峰塔的倒掉》，参见同上。

（3）鲁迅：《热风·随感录三十八》，参见同上。

（4）鲁迅：《坟·未有天才之前》，参见同上。

（5）鲁迅：《坟·杂忆》，参见同上。

（6）、（7）张爱玲：《多少恨》，《张爱玲文集》第 2 卷，安徽文艺出版社 1992 年版。

（8）、（10）、（12）、（14）张爱玲：《论写作》，《张爱玲文集》第 4 卷，安徽文艺出版社 1992 年版。

（9）张爱玲：《写什么》，参见同上。

（11）傅雷：《论张爱玲的小说》，参见同上。

（13）张爱玲：《金锁记》，《张爱玲文集》第 2 卷，安徽文艺出版社 1992 年版。

（15）参见《赵树理文集续编》，工人出版社 1984 年版。

（16）见《赵树理文集》第 3 卷，人民文学出版社 2005 年版。

（17）、（19）、（20）、（22）、（31）参见赵树理《回忆历史，认识自己》，《赵树理论创作》，上海文艺出版社 1985 年版。

（18）董大中：《赵树理文集续编·编者的话》。

（21）、（26）周扬：《论赵树理的创作》，《周扬文集》第 1 卷，人民文学出版社 1991 年版。

（23）赵树理：《做生活的主人》，载 1962 年 11 月 13 日《广西日报》。

（24）马烽：《忆赵树理同志》，见黄修己编：《赵树理研究资料》（中国现代文学资料汇编乙种），北岳文艺出版社 1985 年版。

(25)赵树理:《也算经验》,《赵树理论创作》。

(27)赵树理:《三里湾写作前后》,《赵树理文集》第4卷。

(28)、(29)孙谦:《思念赵树理同志》,见1978年10月《汾水》。

(30)、(33)胡风:《论民族形式问题》,《胡风评论集》,人民文学出版社1984年版。

(32)引自黄修己编:《赵树理研究资料》。

○ 第六章

徘徊于雅俗之间

——20世纪末中国小说的雅俗现象

第一节

"新时期"中国小说的雅俗嬗变

1970年,浩然动笔创作《金光大道》,约七年后,全书完成。前二部分别于1972年和1974年出版;后二部在"文革"结束后暂被搁置。这标志着流行一时的"雅俗合一"的"文革"文学模式的被否定。新时期小说正是从这种否定中开始。在其开山之作刘心武的小说《班主任》中,即开始挣脱这一模式的束缚,初具另一种叙述的风气。即叙述者不再是那段历史的"歌颂者",而是以一个怀疑与批评的讲述者形象叙述其多少带有"个性化"的观察与思考;小说的话语系统由此多少地指向以叙述者为中心的立场,并多少将拟想读者由一般民众转向青年学生及其他知识分子。因此,小说叙述者多少脱离了那种完全是意识形态话语代言人的角色,开始出现了某种程度的个性化姿态,从而意味着开始向《金光大道》式雅俗合一创作模式的告别。

《班主任》的一个最核心的叙述中心是"救救被'四人帮'坑害了的孩子"。这句话容易使人将它与鲁迅《狂人日记》中"救救孩子"的呐喊声相比附。不错,《班主任》的叙述者显然接受了《狂人日记》叙述者的潜在熏陶,这可以从《班主任》中专门提到鲁迅翻译的小说《表》一例为证。但这种熏陶对《班主任》叙述者的影响仍然是并不十分深刻的。我们不能因为同样发出"救救……"的声音,而轻易认定《班主任》与《狂人日记》同样具备相似的"启蒙"意味与文化意识。事实上,《班主任》的"启蒙"意味多半是建立在"他觉得一切不合理的事物都应该而且能够迅速得到改进"的乐观心态基础上的,即使考虑到"更复杂的问题",也只是要肃清"'四人帮'的流毒和影响",这自然无法与《狂人日记》建立在"满本都写着两个字是'吃人'"基础上的历史沉思相提并论。后者是前所未有的以知识者的精英意识,对历史现实的锐利批判和敏锐洞察,是一种充分把握历史主动的俯视姿态。前者几乎停留于解决现实问题需要的层面,尚难说有多少充分的历史主体意识和自信。尽管已有某些知识者个性化的观察,但其毕竟有限,它基本上还是一种以平视的姿态的"直笔"。在叙述的基本支撑构架方面,它显然还借助于观实生活问题与意识形态理论的启示。

"四人帮"对人民思想的毒害及清除这种毒害的必要,构成了小说的基本叙述动力。在这里,体现了小说《班主任》叙述模式的雅俗特征:从其基本叙述构架与主要观点来看,它尚较多地借重于"俗",或者说,尚难完全离开"俗"而独立进行独创性和个性化叙述;但它在此基础上,却又不完全依附于意识形态话语和现实生活问题,至少还发现了当时不被一般人注意的一代人的"灵魂"受害问题,仍具有一定的"个性发现"和"历史启示"成分。显然,《班主任》无法与《狂人日记》相比。如果说《狂人日记》称得上是纯粹雅化之作;那么《班主任》充其量只是化俗为雅式的写作。这种写作模式在20世纪80年代初中国小说格局中占主流地位。如高晓声的《李顺大造屋》,着眼于农民命运的历史与现实话题,作品叙述者以历史的"反思"者形象出现,但其"反思"的理论依据仍然与当时的意识形态理论较相一致,只不过它将"现实"的"反思"推及至"历史"的"反思",在时间跨度上,比早期的《班主任》等小说拉长而已。蒋子龙的《乔厂长上任记》将笔触对准工厂改革。叙述者以一种乐观而豪迈的情绪,肯定历史前进的改革步伐,但其思考显然较多地停留于现实改革政策的肯定上,而没有再做更深层次的观照。这些作品,基本上以"平视"姿态叙述故事,作品的基本"思想"未能超越当时的流行思维,而故事的叙述方式也较单一,大多采用"讲"故事的形式。因此,严格地说,这些作品虽然并不像过去"雅俗合一"模式小说那样,直接将政治路线斗争作为小说情节的基本构架,但在叙述者的思维层次,仍然无法完全超越意识形态文化的层次,或者说,仍然无法达到纯粹知识者个人发现的地步,没有一副完全的独异眼光,因而还残留着"雅俗合一"模式的余痕。这使得80年代初期这种"化俗为雅"创作模式在成就上受到限制。究其原因,归根结底是文化审美意识的"解放"程度不够。从长期的思想禁锢中刚刚走出来的小说作者,难以获得一套完全崭新的知识体系。这是与郁达夫、茅盾、巴金等现代作家不同的地方。前者从"文革"中走出,后者从"五四"中走出;前者囿于本土"生活",后者立足中西文化;前者在大一统的思想文化网络中生活,后者在王纲解纽的天裂中存在;前者在有限的"鸟笼"文化中跳舞,后者在宽阔的中西文化汇流中游弋。因而,即使是同样的化俗为雅模式,境界的开阔狭窄便不一致。不过,纵然如此,这种创作比起"文革"文学,显然更为高雅,是 20 世纪中国小说的又一次明显的雅化发展。

将小说艺术思维局限于社会学层次格局的打破及将小说与过去雅俗合一模式较彻底地剥离,使化俗为雅小说模式走向深化,并与同类现代小说模式相沟通,是 80 年代中期前后小说的又一次雅化进程。这次雅化的一大特点就是小说叙述者获得了一次堪称自成体系的精英意识视角。这种视角的获得,又与知识界逐渐兴起的文化热相关。随着中国传统文化的深层次理解及西方近现代文化的全盘介绍,小说家们终于开始形成一套相应的观察生活的文化眼光,从而使叙述者话语与意识形态话语相分离,并逐渐承担起重建现代中国文化的努力。

早在 80 年代初,古华的《芙蓉镇》,就开始蕴含了一定的文化审美意识。作者"寓政治风云于风俗民情图画,借人物命运演乡镇生活变迁"的主叙述框架,虽然尚未达到以独立的精英意识视角观照生活的程度,多少还借助于主流意识形态话语而进行艺术抽象,但作者对民俗民情的熟稔及从中升华出的独到审美意识,使小说在当时同类作品中显得较富魅力。而老作家汪曾祺,凭借其"京派"文化艺术熏陶的渊源,在《受戒》等小说中,几乎以较纯粹的"现代文化"意识和审美眼光进行小说叙述,从而修复了曾经断裂的"京派"小说传统。那些充满"人情"风味的故事,诗化倾向的审美蕴味,及散文化的笔调,暗示着沈从文的《边城》那样的优雅篇章开始得以复归。

"寻根文学"小说思潮的出现,使这次小说雅化运动趋于高潮。从其较早的倡导者的本意来看,这次"文学寻根"思潮有两种明显的理论自觉意识:一是将小说创作根植于文化传统的根;一是使在独特文化传统烛照下的中国文学走向世界。韩少功指出,"文学之根应该植于民族传统文化的土壤,根不深则叶难茂"[1]。阿城认为,中国文学"没有一个强大的、独特的文化限制,大约是不好达到文学先进水平这种自由的,同样也是与世界先进水平对不起话的"[2]。可见,他们的艺术思维趋向,已与80年代初期文学大相径庭。后者因过于贴近现实,且刚从过去的观念中走来,无法从意识形态文化制约中完全独立开来;前者则因受80年代以来的"开放"教育,更富有"新思维"色彩和创造性,能够从现实荡开去,发现文学的独特审美意味及文化建设功效。说到底,他们是想把文学与现实过于紧密的关联扭转到文学与文化这个轴心上来,从而获得文学自身独特的价值。这种扭转,明显带有精英意识的独立倾向,也明显具有脱离世俗实用性和削弱与俗众沟通的倾向,因而在艺术上是一次明显的雅化历程。

韩少功的《爸爸爸》中的"丙崽",显然有点像"阿Q",但又不完全是。"丙崽"的思维表达只有两种,一是"×妈妈",一是"爸爸爸",其余不会第三句话。作为一个象征性的"符号","丙崽"身上明显寄寓了作者对民族生存病态的忧虑。可以看出,作品具有《阿Q正传》般画出国民灵魂的追求和努力。不过,两部作品在艺术上事实上又不一样。《阿Q正传》中的阿Q,虽然有浓郁的象征意蕴,但作为小说人物,他是十分具象和生动的,理念蕴藏于形象之中。在形式上,《阿Q正传》虽达到纯粹雅化的地步,但它是通过对"传记体"的反讽叙述形式而达到变腐朽为神奇的独创性超越,因而在审美上具有复调意味。《爸爸爸》虽然在立意上不同凡响,在形式上也能取法中西,但明显匮乏《阿Q正传》那种形象的丰富性与艺术的超脱性,骨子里浸润着明显的艺术理念化及实用性态度。因此,它尚难达到圆熟的纯粹雅化境地,从总体神韵上讲,仍然是化俗为雅的一路。只不过,比起《班主任》等新时期初期作品,显然又接近于艺术的化境效果。主要表现在,《班主任》等新时期初期作品,其雅在于共识基础上的对某一生活领域"真实性"的发现,基本上停留于社会学层次;其"俗"在于无法与"共识"的思想与形式相距甚远,因而较易产生较大的阅读圈。

80年代中期的"寻根"小说及一批具有浓郁文化意识的小说,其"雅"意已由社会学的"真实性"转而为文化学的哲理性,具有较鲜明的个人"思索"成分,及相对独立的人文传统背景。其"俗"在于尚难做到完全"陌生化"的创作,而往往要借助于中西文学、文化传统的启发,在思想形式诸方面一般都可以发现其承续的一面。

这次小说雅化思潮也可以说是一种"退守",是由"社会"向"文化"的"退守"。它终于已无法获得《班主任》那样的"社会"轰动及大众关注,只能在"文化"圈产生影响和争议。而"社会""大众"的文学视线已开始转向日益兴起的通俗文学,通俗文学与文化的这种进逼,使 80 年代文学的雅俗分流趋于明显。事实上,在逐渐兴起的商业文明浪潮中,通俗文学与文化那咄咄逼人的力量至此已难以抗拒。它们通过各种印刷媒介和电子媒介,在文化市场的巨力作用下,向雅文学阵地发起全面的"攻击"与渗透。这股冲击波,终于使新时期的高雅文学界发生分化。

几乎紧随"寻根文学"之后,一批更年轻作家如刘索拉、马原、余华、苏童、残雪等开始了另外的"实验"和尝试。他们承续 80 年代初王蒙等人对小说新潮的试验,突破"寻根文学"对"现代"手法的部分借鉴,而较全面实行独上高楼式的"现代主义"创作。在思想层面上,这批作家作品关注的重心由"社会"层面、"文化"层面转向"自我与人的存在"层面;在形式上,着眼于文化探索和叙述变幻。它们的读者群比"寻根文学"更小,几乎只限于纯文学专业的知识者阶层,而其艺术探索性则更具先锋姿态。刘索拉的《你别无选择》是其中的典型作品。作品构筑的独特语言与精神世界,以其疯狂的意识流动,荒诞的生存感觉,难以捉摸的叙述节奏,给人以完全"陌生化"的阅读印象,而作品的"意义"终于由此而远离一般知识阶层,甚至即使一些大学教授,也并不轻易就能完全理解作品的"意义",从而走向了更高雅化的境地。

这是新时期小说的第三次雅化进程,也是 80 年代文学的一次悲壮的旅行,它意味着文学终于以"反叛"的姿态拒绝世俗的侵入,从而走向孤芳自赏的境地。与前两次雅化不同,这次雅化凸现了小说的形式感,凸现人的"存在"意味,凸现了"自我"的"非理性"意识,从而颇具整体意义的现代主义倾向。这种倾向从当时的文化语境看,与其说是小说家们的自觉探索,不如说是他们对趋于迅速膨胀的商业文明及俗文化文学浪潮的近乎绝望的反抗。

他们试图与世俗话语(包括意识形态话语与大众话语)保持相对足够的距离,但又不愿背负起沉重的严肃,而无奈地转向个体的狂欢与沉醉,在较纯粹的形式美构建中顾影自怜。有类于30年代施蛰存等人的"脱俗为雅"类型的创作,刘索拉等人的小说事实上与文化市场也并非了无关系。他们是在文化市场求新趋向与物以稀为贵的双重规则下,对文化市场的一次抗争与挣扎。如果联系到这批作者日后与影视圈的默契与沟通,或许更能说明这一点。因而,一旦这种"新潮"变得不"新"时,文化市场将毫不留情地会将它淹没。自此,80年代高雅小说的雅化历程暂告一段落。

与上述"实验小说"对文化市场中俗文学与文化的逆反心理相反,一批与文化市场若即若离,即直面世俗又超越世俗的"新写实小说",在一度发展之后,终于自成高潮。事实上,这个潮流几乎与"实验小说"同步,它的出现意味着,新时期小说到"实验小说"的第三次雅化时,高雅小说界由原来的不断雅化而开始出现雅与俗分流的趋势。两相比较,有如下不同:

"实验小说"面向专业文学圈子,"新写实小说"开始面向更多的市民读者,它的读者圈甚至比"寻根文学"还要广;"实验小说"面向精神领域,写"存在"的"现代"感,"新写实小说"面向世俗生活领域,写生存的"现实"感;"实验小说"面向形式探索和叙述变幻,追求"陌生化"的抽象艺术效果,"新写实"小说面向生活的逼真写照,追求生存状态细致凸现的艺术效果。这种不同可从刘索拉的《你别无选择》和池莉的《烦恼人生》中看出。前者的叙述节奏嘈杂、多线,注重病态心理的表现及人的存在的荒诞感呈露,不易解读;后者的叙述澄明、单线,注重一个人一天生活过程的展示及人生存的现实感表达,容易被一般读者所理解。

不过,"新写实小说"直面世俗,但并不沉湎于世俗。它并不故意采用媚俗姿态,它面对世俗生活,但又建立在生命即过程的现代哲学观基础上;它叙述具象的生活流,但又不止于此,而是往往不失时机地探讨人的生存本质,正如刘恒的《狗日的粮食》等作品那样,探讨人的赖以生存的食、力、性等本质。因而,可以这样说,如果说"实验小说"具有独上高楼脱俗为雅的境界;那么"新写实小说"则有返回地面俗中见雅的效果。它们之间的区别,犹如施蛰存与张爱玲之间的区别。

把"实验小说"群与施蛰存相比并论,是因为他们的"现代"新潮创作以标新立异的艺术追求,在文化市场中获得求雅的成功挣扎;把"新写实小说"群与张爱玲相比较则是因为他们的作品共同都瞄准了一个庞大的都市市民阶层。就像根据张爱玲小说改编的电影《红玫瑰与白玫瑰》与方方小说改编的电影《太阳出世》几乎在前后差不多时间能吸引同样一批市民观看一样。他们都抓住了市民文化的兴奋点,满足了市民们的兴趣,但又都在此基础上,加进了些弦外余音。不过,两部电影的原创文本毕竟已相隔了近半个世纪。前者更有古典味道,似对三角恋爱故事、传奇化人生、骈居等感伤小故事更感兴味;后者更具现代感受,似对日常生活的真实困顿与焦虑、百无聊赖又自得其乐的时下生活现象容易引起共鸣。张爱玲小说在满足市民兴味的同时,往往注入自我的苍凉情绪;"新写实小说"在重新召回市民读者之时,则往往融化文人的无奈与自嘲。重故事、重趣味、重世俗、重个体命运的关照,重市民大众文化的热点,尔后又融化文人意识,构成了他们作品的共性特征。

可以看出,到80年代中后期,新时期小说在刚刚摆脱意识形态文化视角的叙述纠缠之后,却又陷入了市民大众文化视角的叙述纠缠。而且,后者的力量一点儿也不比前者弱。在强大的商业文明支撑下的大众文化面前,是超越抑或适应迎合,是摆在每一个小说写作者面前的首要问题。"实验小说"与"新写实小说"的分化,亦是超越与适应的区别,但这才刚刚开始。因而也是一个重要的转折点。

"新写实小说"在80年代末90年代初酿成高潮,显然是高雅文学的一种无奈的适应。小说在脱离借助意识形态文化叙述的状态之后,并不意味着与意识形态文化了无关系。只不过,两者从拥抱、混杂到分离、独立而已,它们的关系从亲密混沌走向冷淡甚至冲突。尤其是,这种独立的文人精英文化,一旦偏离得过度,或突破规定文化范畴时,它的"嚣张"势必受到警告。因而,小说创作在自怜自虐的艺术狂欢之后,在迷茫的沉默中悄悄地转向了向大众文化屈就的姿态,由此拉开了90年代小说主潮的序幕。

90年代的小说主潮是以市民的发现为基础的。它几乎是40年代都市作家如张爱玲、苏青、徐讦、无名氏等人作品的地道承续,基本上沿用俗中见雅的模式。

除"新写实小说"之外,90年代俗中见雅模式的创作沿着三个方向而展开。其一是描写过去的小市民感伤的通俗故事。犹如张爱玲的《传奇》,这类小说往往表现得既传统又现代,以新潮的笔法讲述一个个世俗的故事,主题含混,但能吸引人,是以新颖的怀旧来取胜的。如苏童的《妻妾成群》、余华的《许三观卖血记》。其二是描写现在的"传奇"。犹如当年的徐訏、无名氏,这批作家更靠当下人们的生活奇观与个体独特经验的拼合抓住读者,同时也不忘融入一些貌似哲理的人生意味,如被称为"新状态"小说家的一些——邱华栋、何顿等。其三,描写"私生活"状态。犹如当年的苏青,这批作家大多是女性,叙述的是女性的爱、恨和私人化情感,不乏隐秘性的呈露,但又不乏女性意识的升华,如陈染、林白等。

无论是过去的感伤故事,还是当下的生活奇观,抑或女性的私人感受,其实都是这批作家小说创作的表层内容,也是他们赖以与世俗沟通或自觉不自觉沟通世俗的地方,不过,他们在此基础上显然又各各升华出独自的人生体验或认识,只不过如盐溶于水,自然而适度可感而已。这些作品的共同特征是既通于"俗"又高于"俗",既在"俗"中求"雅",但不刻意求"雅",因而虽少了些形而上的严肃或沉思,但又多了些形而下的快感或体验。这些小说与40年代同一模式创作的这种惊人相似正是证明了文学史展开的规律性。

90年代俗中见雅模式小说创作的主潮位置,正说明了不同于80年代小说的文风变迁。更显著的例子是,作为80年代主流作家的贾平凹,在90年代居然写出了俗中见雅的《废都》,并流行一时;在80年代曾经并不显赫的王朔,在90年代以其俗中见雅的小说创作,居然获得轰动效应。凡此种种,都说明了 90 年代文学的转向与迷茫,及在大众文化如日中天的背景下,高雅文学创作的生存方式所发生的重大调整。原来以雅化为主的 80 年代小说,到了 90 年代,不得不寻求适"俗"之路。

寻求适"俗"之路,与其说是 90 年代小说家的自觉追求,不如说是他们无奈的选择。这不仅仅是因为文化市场的压力,也不仅是因为生存的需要,还因为他们赖以雅化的精英文化及艺术修养的贫乏。有心而无力,常常是普遍适"俗"的一个重要原因。事实上,90 年代仍然不乏执拗追求雅化创作的作家。且不说上述俗中见雅模式的作家,有时一身兼有雅与俗两副笔墨,单说那些一直抗拒市民大众文化的从 80 年代过来的中年作家,就有相当一批。不过,在 90 年代,他们要么重复 80 年代化俗为雅模式的创作,要么远离现代都市,或放浪山川,或走进大西北,或融入野地,企图追寻新的意识支点。其中的最典型者,无过于张承志和张炜。

"当我觉察到旧的读者轻松地弃我而去,到书摊上寻找消遣以后,我便牢牢地认定了我真正的读者,不会背叛的读者——哲合忍耶。"

"没有比这更值得献身的事了。我的心中只有这一片光明。我的抉择,我的极致,我的眼界,都仅仅在这一件事情之中。一九八九年秋,我宁静下来,开始了我的人生尔麦里。"[3]

对张承志来说,这无疑是一次深刻的精神转变,是他企图获得意识新生的一次挣扎和追求,以此作为抗拒都市文化的心灵堡垒。他的《心灵史》正是这个过程的演示。张炜也面对相似的境况:

"今天各种各样的文化制成品在街上家里,在一切有人群的地方

滚动,散发着强烈的刺激气味,这样的'作品'多得数不胜数。在这种情形下……人的嗅觉和听觉开始迟钝。"(4)

于是他要"融入野地",以民间清新、质朴的空气对都市文明以批评和否定。

可以看出,无论张承志还是张炜,他们都想拒绝媚"俗",向往高雅,但又往往不能或不愿清醒看到工业化与商业文明时代大众文化普泛存在及其强烈的消费性质,而偏激负气地对之加以拒绝与否定。这种绝对化,结果往往使他们容易因此而偏离与大众文化同根而生的都市现代精英文化意识。无论是接近"哲合忍耶"或"融入野地",如果匮乏现代文化之光的烛照,是无法做到真正雅化的,却往往容易走上另一条俗化之路而不自觉。

90年代的高雅化写作正处于危机四伏的荆棘路上。如果说80年代的高雅小说处于文化结构较为中心的地位,那么到90年代则已相当的边缘化。80年代高雅小说的轰动效应到90年代已经一去不复返,即使偶而有之,也往往带有强烈的商品化炒作成分。一个明显的例子是王小波。他的《时代三部曲》要不是作者本人的意外不幸,其出版与印数都是一个值得怀疑的问号。在日益边缘化的语境中,王小波似的纯粹雅化追求,一般情况下只能是处于寂寞的地下状态,也就是说,这种站在纯粹精英意识立场,以崭新的现代艺术技巧,及充分的历史主体意识,充满反思、反省高度的超拔工作,往往只有在一个精英文化复兴的气氛中才能再度崛起,或许到那时,才有雅与俗小说及其间不同类型小说并存互补的"共赏"局面。而此之前,那些不甘沉沦而又得媚俗生存的作家,则往往只能徘徊于雅俗之间。

第二节

百年中国小说雅俗历程的文化反思

20世纪中国的一个重要历史主题是现代化。从上个世纪之交对"现代化"命题的提出,到本世纪之交对"现代化"命题的再度呼唤,历史整整跨越了一个世纪。这既是作为目标和方向的历史抽象,也是作为过程和手段的历史具体。后者以前者为旨归,前者为后者之规范和尺度。具体在文化与文学领域,同样如此。一方面,文学与文化的现代化,是一个具有清晰方向和历史特征的东西;另一方面,在其实现过程中,又产生种种具体现象。在这里,前者是尺度,后者的得失评判当以前者为基准,当然这种评判得考虑具体的历史语境。

当我们以现代化的眼光分析评判20世纪中国小说的雅俗征程时,首先无疑要先阐明作为"尺度"的"现代化"内容。按照现代化的一般规律,现代社会具有一种结构多元、权利平等、人格独立的特征,拥有各种社会阶层和多元文化类型,各阶层拥有自己的文化享受和选择。因此,无论是知识精英、市民大众、民间平民抑或庙堂仕人,都应当可以有各自的文化与文学创造、使用与享受,即可以并存精英文化、大众文化、民间文化与意识形态文化。只要在每种文化与文学的性质上,不偏离中国式现代化的历史方向,作为精英文化的高雅文学、作为大众文化的通俗文学、作为民间文化的俗文学与具有意识形态性质的"主旋律"文学可以共存互补,而不能以某一类型取代其他。从这一基本的逻辑起点出发,那么我们至少可以如下说明现代化文学的雅俗"尺度":首先从文学发展的共时性层面看,一时代的文学应

当雅俗并存互补,而不应当削高补低、雅俗折中或雅俗合一;

其次,如果说把"雅俗共赏"不是理解为"雅俗折中"或"雅俗合一",而是"雅"人多少能乐于欣赏"俗"艺术,或"俗"人多少能乐于欣赏的"雅"艺术,那么显然既有"雅俗共赏"文学艺术,必有相应的大雅与大俗艺术,如果动辄将"雅俗共赏"加以独特推崇,势必扼制文化文学艺术的多元化与多层次发展的丰富性,阻碍文化的现代化展开。

再次,"雅俗共赏"作为文学艺术的一种佳境,但并非全然是至高无比的极境。一个显著的例子是,鲁迅小说堪称中国现代文学艺术之极品,但它是阳春白雪,难以雅俗共赏;另外,即使是"雅俗共赏"的文学艺术,其间的"雅"、"俗"成分亦不一致,仍有高低深浅之分。

以上"尺度"的说明,显然结合着对现代化文化文学语境下"雅俗共赏"这一概念的重新分析。而之所以如此,实在是因为它事实上成为评判百年中国文学雅俗历程的无法绕开的焦点。从宏观文学史角度讲,其一,百年中国文学对雅俗共赏的过分强调,往往与对精英文化与大众文化的漠视相联系,20世纪后半叶,中国纯粹形态的高雅文学与通俗文学一般成就的并不发达与此相关;其二,20世纪中国文学推崇"雅俗共赏",往往带有明显的功利化倾向,事实上,这都是以"俗"形式为工具和名目,行教化、赢利之实,并使文学因此而走上雅与俗逐渐合流的狭窄的胡同。

其三,"雅俗共赏"作为一个普遍性的美学概念,一度往往被作家和批评家理解成雅俗折中、交流或合一,并往往被视为一种较高的艺术境界,因而成为创作或批评的一种普遍追求,影响了大雅与大俗层面文学的艺术探索,结果在大雅与大俗文学艺术相互交流共同提高的螺旋式艺术上升过程中,由于两个基本层面文学水平的薄弱,致使整体艺术水平的提高受到较大影响。

其四,20世纪中国文学对"雅俗共赏"的推崇,到后来往往受"中庸"等传统思想的潜在影响,在潜意识里,即推崇多数。一旦提倡"主观战斗精神"、文学的"五四精神"或"京派"式的高雅艺术形式创造等,因其骨子里带有"贵族"气,脱离"多数",其文艺观即会受到理所当然的批判,从而造成高雅文学无地可存的局面。

从具体的每一阶段文学史角度看:其一,清末民初的前现代化阶段,梁启超等的"新小说",其最大毛病,就是将"雅"的思想与"俗"的形式强行扭合在一起,本欲追求雅俗共赏,以图"新民"之用,结果不雅不俗,简直不堪卒读。显然,其本质在于借"俗"而行政治与文化的实用功利之实,既非力图探索高雅文化与文学,也非意图振兴俗文化艺术,因此一旦政治文化空气结束,小说仍迅速俗化,至民初,几乎只剩早期"鸳蝴派"单一形态的作品。

清末民初小说的雅俗化是20世纪中国文学雅俗历程的一次总预演。它首次揭开小说现代化的序幕,使小说的影响宏观上一度得以提升;但它也是第一次使20世纪中国小说的发展受制于意识形态文化与文化市场的强大压力,并初步显露出20世纪中国小说发展命运的征兆。

其二,"五四"时期,小说的雅俗化是20世纪中国小说雅俗征程最具现代典型性的阶段。雅俗小说分流互补而发展,而且无论是高雅小说抑或是通俗小说,各有自己不同类型的形式。有纯粹雅化的鲁迅,也有化俗为雅的郁达夫;有通俗言情小说家周瘦鹃,也有武侠小说家平江不肖生,显示了小说多元发展、适应现代社会结构的现代性特征。

它打破了"雅俗共赏"的美学思维传统,在大雅层面,出现了纯粹雅化的鲁迅,体现了现代社会小说家应有的精英文化追求与地位;在大俗层面,则开创了现代通俗小说的传统,使市民大众也拥有自己的文化使用与消费权利。这一格局,反映了精英文化与大众文化对立统一、共存共生现代化社会文化发展的正常逻辑。

其三,自"五四"后至"文革"近半个世纪,是中国小说的雅俗化征程深化与变异的复杂阶段。这一阶段,小说的主流成绩是化俗为雅模式的创作,这类创作反映了在文化空气并不十分优越的条件下,作为精英文化的小说在困境中艰难生存并取得成功的可贵努力;小说的另两种类型即脱俗为雅(如施蛰存)与俗中见雅(如张爱玲),则反映了高雅小说在现代化社会面对文化市场压力而仍然能够与之相适应的新探索。上述几种类型的创作反映了这一阶段前期小说雅俗化历程走向深化的一面;同时,于深化中又出现变异:高雅小说创作因面临意识形态文化与大众文化的压力而日益艰难。首先,纯粹雅化的创作已几乎无法存在;其次,一场高雅文学的俗化运动正在酝酿开来。其本质就是以"多数"的趣味改造"少数",以暂时功用取代长远的探索,以局部眼前的利益取代全局和历史的长久利益。直到最后而走向"雅俗合一",与现代化社会的文化分工规律已完全悖反。这个在深化中变异的雅俗化过程,从文学史角度讲,已开始偏离文学多元发展的现代化方向;从作品美学层次角度讲,其内容逐渐走向单一,开始丧失艺术欣赏的丰富性与层次性效果;从文化功能角度看,无论是高雅小说还是通俗小说所担负的精英文化与大众文化功能，也正在逐渐丧失。显然，其结果致使小说文化功能走向单一化的趋势日益明显，这种状况，直至社会由"极左"非正常转向正常之后才得以改变。至20世纪80年代以降，中国小说终于又按艺术的规律重新展开雅俗发展的逻辑。

纵观百年中国小说的雅俗化历程，一个明显的特点是，我们多的是徘徊于雅俗之间的艺术，少的是大雅与大俗之音。在20世纪中国，小说（或文化）发展的创伤之一就是高雅艺术（也是文化）的缺乏足够的保护。在市场化及泛政治化条件下，高雅文化艺术的创造往往艰难而悲壮。如果说通俗文化艺术因其受众占社会多数，在市场条件发育趋于成熟的情况下，其市场化动力往往容易使之走向较快发展，并日渐成熟，那么，高雅文化艺术则不然。现代社会的一个基本规律就是，市场化虽然作为历史的一个必要过程，但它并不是万能的。有许多领域，在市场化条件下需要得到保护，如特殊教育、环境与遗产保护、老幼照顾等。高雅文化艺术无疑也是这些领域之一种。这是由于这种创造性工作的本性决定的。作为一时代文化艺术的尖端探索，高雅小说艺术带有强烈的个性化特征及思想艺术形式的实验意味，它往往具有先锋性、前瞻性、深刻性、复杂性及独特性，因此也往往远离大多数，其成果也往往远离创造者自身生存、远离社会实用。另外，在高雅文化艺术领域，它的探索不仅仅面对的是同代人的智慧，更要面对历史的众多智慧者，一旦创造者难以逾越历史的高峰，其雅化追求和探索的创造生命就会发生危机。因而无论从物质或精神角度而言，这一工作具有很高的风险。如果缺乏必要的保障机制与保护措施,置身于现代社会的滚滚红尘中,大批有才之士容易避险就易,这无疑不利于高雅文化艺术的发展,长此以往,连一般的高雅探索也会难以维持,更何况大雅之音的产生。对高雅人才与文化艺术的漠视,往往与一味沉浸于世俗实用的无知和麻木相连。当世俗文化逐渐征服多数,磨钝了人们的敏锐清醒、理性与意志之后,历史就会变得空心无力。这正如一个人听多了靡靡之音、看多了流行影视、尝够了各种文化快餐,变得空心乏力,需要一些雅乐、雅言给予沉思和力量一般。历史的发展已经证明,在一个没有大雅之音的国度或时代,它的步伐经常是紊乱的、迷误的,它需要大雅之音给它以方向、以力量。当一个时代如果缺乏足够的大雅之音、足够的大雅之才,那种严重的危机迟早将会暴露出来,事实已经一再证明,对高雅人才与文化艺术漠视会付出代价。因此,重振高级科技、高雅文化、高雅艺术,再造高雅英才,就不仅仅是口号,或是少数人的呼唤,而是历史的真实需要。

注释:

(1)韩少功:《文学的"根"》,载《作家》,1985 年第 6 期。

(2)阿城:《文化制约着人类》,载《文艺报》,1985 年 7 月 6 日。

(3)张承志:《走进大西北之前》,载张承志小说《心灵史》之《代前言》,花城出版社 1991 年版。

(4)张炜:《融入野地》,载张炜《融入野地》一书,作家出版社 1996 年 2 月版。

后　记

朝花夕拾

　　我常想，一百多年前，梁启超先生眼看甲午风云后惨不忍睹的国家现实，一定是发现了"上""下"之间、"雅""俗"之间出了问题，所以提出"新民说"，旨在"上""下"沟通、"雅""俗"互动。但他似乎忽略了这个问题的长期性和复杂性，或者过于急切，一味地强调以"上"化"下"、以"雅"化"俗"，甚至身体力行写小说如《新中国未来记》等，想"欲新一国之小说"，达到"欲新一国之民"的效果。且不说效果如何，那先觉的智慧与洞察力还是让人敬佩。无独有偶，百年后著名历史学家黄仁宇先生在对古今中外社会发展作"大历史观"的考察后，发出一旦中国把上下建制沟通、盘活资金人才，中国即可焕然一新的感叹。两人所见略同，历史何其相似。到如今，我们只要随便看看一单位、一地方、一行业，就能深刻感受到这个话题的依然存在。巧合的是，在我看来，雅与俗的问题，恰恰是"不登大雅之堂"的小说最易说清楚，尤其是 20 世纪这一段最能说明问题。于是，我就选了本书这个课题。如果我仍然身处象牙塔中，我会努力把这个话题从文艺文化领域拓展开来。但既然已经走向十字街头，所以只好以个人渺小的实践来续写未完的文字。感谢帮助出版本书的师长们，没有他们的鼓励、帮助和支持，就没有这本书，在此特致敬意，并深表感谢。

责任编辑:林　敏

装帧设计:艺和天下

图书在版编目(CIP)数据

中国现代小说雅俗新论/吴秀亮 著.

-北京:人民出版社,2010.7

ISBN 978－7－01－009016－0

Ⅰ.①中…　　Ⅱ.①吴…　　Ⅲ.①小说-文学评论-中国-现代

　Ⅳ.①I207.42

中国版本图书馆 CIP 数据核字(2010)第 110470 号

中国现代小说雅俗新论

ZHONGGUO XIANDAI XIAOSHUO YASU XINLUN

吴秀亮　著

人民出版社 出版发行

(100706　北京朝阳门内大街 166 号)

北京瑞古冠中印刷厂印刷　新华书店经销

2010 年 7 月第 1 版　2010 年 7 月北京第 1 次印刷

开本:880 毫米×1230 毫米 1/32　印张:7

字数:200 千字

ISBN 978－7－01－009016－0　定价:29.00 元

邮购地址 100706　北京朝阳门内大街 166 号

人民东方图书销售中心　电话 (010)65250042　65289539